EDIÇÃO DE ANIVERSÁRIO
50 ANOS!

AS AVENTURAS DE NGUNGA

PEPETELA

AS AVENTURAS DE NGUNGA

kapulana

São Paulo
2023

Copyright©1973 Pepetela.
Copyright©2022 Editora Kapulana.

EDIÇÃO ESPECIAL DE ANIVERSÁRIO: 50 ANOS!

A editora optou por adaptar o texto para a grafia da língua portuguesa de expressão brasileira.

Direção editorial: Rosana Morais Weg
Projeto gráfico e diagramação: Daniela Miwa Taira
Capa e ilustrações: fotografia de sombras sobre papel, por Mariana Fujisawa

---

Pepetela
    As aventuras de Ngunga / Pepetela. --
São Paulo: Kapulana Publicações, 2023.

ISBN 978-65-87231-29-7

1. Ficção angolana I. Título.

23-159769   CDD-A869.3

Índices para catálogo sistemático:
1. Ficção: Literatura angolana em português A869.3
Aline Graziele Benitez - Bibliotecária - CRB-1/3129

2023

Reprodução proibida (Lei 9.610/98)
Todos os direitos desta edição reservados à Editora Kapulana Ltda.
Av. Francisco Matarazzo, 1752, cj. 1604, CEP 05001-200, São Paulo, SP, Brasil

editora@kapulana.com.br — www.kapulana.com.br

7 AS AVENTURAS DE NGUNGA

71 Glossário

73 Lembranças e Mensagens

81 O Autor

UM

— Por que estás a chorar, Ngunga? — perguntou Nossa Luta.
— Dói-me o pé.
— Mostra então o teu pé. Vamos, para de chorar e levanta a perna.

Ngunga, limpando as lágrimas, levantou a perna para a mostrar ao Nossa Luta. Este olhou para ela, depois disse:
— Tens aí uma ferida. Não é grande, mas é melhor ires ao camarada socorrista.
— Não quero.
— Se não te tratares, a ferida vai piorar. A perna inchará e terás muita febre.
— Não faz mal — disse Ngunga. — Não gosto de apanhar injeções.
— És burro. Agora, o socorrista não te vai dar injeção nenhuma. Mas depois, se tiveres uma infecção, então precisarás de injeções. Que preferes?
— O socorrista está longe.
— Acaba com as desculpas. Vai lavar-te e parte.
— O dia está acabar. Em breve será noite.
— Ainda bem. Dormes lá. Amanhã és tratado e voltas. Qual é o problema?

Ngunga abanou a cabeça, mas não refilou. Foi lavar-se e preparou comida para a viagem.

Ngunga é um órfão de treze anos. Os pais foram surpreendidos pelo inimigo, um dia, nas lavras. Os colonialistas abriram fogo. O pai, que era já velho, foi morto imediatamente. A mãe tentou fugir, mas uma bala atravessou-lhe o peito. Só ficou Mussango, que foi apanhada e levada para o posto. Passaram quatro anos, depois desse triste dia. Mas Ngunga ainda se lembra dos pais e da pequena Mussango, sua irmã, com quem brincava todo tempo.

Quando o sol começava a desaparecer, Ngunga partiu para a aldeia do socorrista. Conhecia bem o caminho, não poderia perder-se. Mas a noite ia cair e teria de dormir antes de lá chegar. Ngunga, porém, estava habituado. A bem dizer, não tinha casa. Vivia com Nossa Luta, por vezes; outras vezes, se lhe apetecia, ia viajar pelos kimbos, visitando amigos e conhecidos.

Mas para que avançar demais? Temos tempo de conhecer a vida do pequeno Ngunga.

DOIS

— Bom dia, camarada socorrista.
— Bom dia, Ngunga. Como estás?
— Estou bem. Só o pé é que está a doer-me. Por isso, vim para o tratamento. Saí ontem do kimbo do Nossa Luta e dormi ali no do Presidente Kafuxi. Tive de andar devagar, por causa da ferida. Hoje de manhã cedo parti para cá. A viagem correu bem, não houve nada. No caminho encontrei o camarada Chefe de Seção Avança, com dois guerrilheiros. Iam ao outro lado do rio, procurar mandioca. Disseram-me que não passaram por aqui porque era uma grande volta. E o camarada socorrista, como está?

— Obrigado pelas notícias, Ngunga. — O socorrista bateu as palmas, agradecendo. Ngunga também. — Nós aqui no kimbo estamos todos bem. Houve uns dias com um bocado de fome, porque os colonialistas tinham destruído as nossas lavras. É preciso ir longe buscar comida. Mas agora as nossas lavras estão a começar a produzir e a situação vai melhorar. Conheces a mulher do Kayondo? Teve uma criança há dois dias. Um rapaz. O bebê não queria nascer, foi um grande trabalho. O Kayondo está todo contente, pois vai ter um homem na família. Já tinha tido três meninas, não conheces?

— Conheço — disse o Ngunga.

— Pois bem. Vamos cortar hoje o cordão umbilical, por isso haverá uma grande festa. Os pais do Kayondo e o resto da família estão a preparar o hidromel e a comida. Tivemos sorte, pois caçamos duas palancas; carne não falta. O povo das outras aldeias já foi avisado, vai chegar hoje de manhã. São essas as nossas notícias.

— Muito obrigado, camarada.

O socorrista olhou para o pé do Ngunga. O menino lembrou-se então duma coisa: lavara os pés ao sair da aldeia. Mas, com a marcha, os pés estavam sujos de poeira. Esqueceu-se de os lavar antes de ir à consulta; era uma grande vergonha. O socorrista apontou para um balde com água, sem falar. Ngunga, atrapalhado, foi esfregar os pés. Com a confusão, não reparou na ferida e magoou-se. Gritou e o socorrista sorriu.

— Um homem não se queixa, Ngunga.

— Mas eu sou ainda pequeno — respondeu ele.

— Vives como um homem livre e já tens idade de ir para a escola. Bem, vamos tratar esse pé.

— Que remédio vai pôr? Arde muito?

— Não. Não tenhas medo, um homem nunca tem medo. Como é? Vieste sozinho à noite da tua aldeia. Agora vais ter medo do tratamento?

— Não tenho medo — disse o Ngunga. — Mas não gosto quando o remédio arde.

TRÊS

Depois de receber o tratamento, Ngunga decidiu ficar no kimbo do socorrista. Qual é a criança que não gosta de festas? Não tinha sido convidado, mas também não era necessário. Qualquer viajante que chega a um kimbo da nossa terra tem o direito de participar numa festa.

As pessoas começaram a chegar. As notícias corriam de uns para os outros. Ngunga metia-se nos grupos de mais-velhos, ouvia as notícias, ia depois escutar as mulheres. Em breve sabia tudo o que se passava na região.

Imba, desde que chegara, não o largava. Imba era filha do Presidente Kafuxi.

"Afinal o Presidente sabia da festa e ontem não me disse nada", pensou Ngunga. Homem esquisito, esse Kafuxi. Lá estava ele sentado ao lado do Responsável do Setor e de outros mais-velhos. Quando falava, os outros guardavam silêncio. Mas, se eram os outros a falar, ele gostava de interromper, o que era contra os costumes. E os outros aceitavam.

— Se eu fosse grande, também interrompia a conversa do teu pai — disse ele a Imba.

Ela olhou-o muito espantada, porque não percebeu a razão das palavras. Mas acreditou que ele fosse capaz de o fazer.

Ngunga deixou-a ali e foi ver o que as mulheres cozinhavam. Tinham esquartejado as palancas e assavam a carne nas fogueiras. Umas mulheres faziam pirão de massango, outras de milho. Algumas pisavam folhas de mandioca nos pilões. O mel fermentava dentro das cabaças.

Depois a bebida ficou pronta e as canecas começaram a andar de mão em mão. As vozes elevaram-se, os risos tornaram-se mais frequentes, os olhos brilhavam mais. Os grupos faziam-se e desfaziam-se. Foi nessa altura que chegou o Comandante do Esquadrão, acompanhado de seis guerrilheiros e cinco mulheres. O Comandante foi sentar-se junto do Presidente Kafuxi, a arma nova na mão. Ngunga ficou muito tempo a admirar a arma luzidia. Ele só tinha uma fisga. Mas um dia...

Imba puxou-o para perto da mãe dela. Ele sentou-se junto à panela, onde as mulheres comiam. Depois deram-lhe hidromel. Ngunga sentia a cabeça pesada, mas escondeu. Imba espiava-lhe os gestos com risinhos.

— Pensas que estou bêbado?

Ela ria, ria. Ele foi procurar mais comida, que encontrou no grupo do socorrista.

Mais tarde, as mulheres reuniram-se no terreiro de chinjanguila, e a dança começou. Os guerrilheiros e o povo imitaram as mulheres. Também Ngunga e Imba, e as outras raparigas. A dança animou-se quando surgiu a lua e novas cabaças de hidromel foram trazidas. Os velhos bebiam e olhavam a dança, aprovando com as cabeças. Até que, noite alta, todos foram dormir.

Assim foi a festa do nascimento de Lumbongo, o primeiro filho de Kayondo e Maria.

QUATRO

O Sol escondia-se por trás das matas, do outro lado do Kwando. A despedir-se, iluminava o céu de vermelho, enquanto as nuvens pequenas recebiam primeiro a escuridão da noite. As árvores pareciam mais altas e finas e as aves calavam os seus cantos.

Ngunga contemplava o rio, onde se misturavam o azul do céu e as cores avermelhadas. Uma canoa estava na margem do rio. Tudo parado. Quem podia pensar que ali era uma zona de guerra?

A noite avançava rapidamente. Era preciso voltar ao kimbo. Ngunga hesitava. Estava ali tão bem, sentado na areia, os pés dentro da água! Por que ter de abandonar aquele local? Ninguém o esperava no kimbo, ninguém ficaria preocupado se ele se atrasasse, ou mesmo se não aparecesse. Podia dormir na mata, ou partir para Chikolui, ou o Kembo, ou o Kwanza, ou o Kuíto. Ou mesmo para a Zâmbia. Ninguém perguntaria: "Mas onde está o Ngunga?"

Nossa Luta fora para a área de Cangamba, como guerrilheiro. Não voltaria ao kimbo. Quem se lembraria de procurar Ngunga, o órfão, se morresse? Quem deixou, alguma vez, uma mandioca guardada para Ngunga? Quem, ao vê-lo nu, lhe procurou uma casca de árvore? Sim, havia a velha Ntumba. Mas morreu. A velha Ntumba cuidava dele, obrigava as filhas a dar-lhe comida. As filhas resmungavam, diziam que cultivavam para elas e para os maridos, não para um vadio. Mas acabavam por obedecer à mãe.

A comida delas sabia-lhe mal. Ngunga, empurrado pela fome, comia sem erguer os olhos da panela. A comida só tinha o gosto da má vontade. Ngunga fazia um esforço e engolia, enquanto elas resmungavam.

Isso mesmo hoje já acabou. A velha Ntumba morreu. Quem se importa com Ngunga?

Ao pé do rio que passava no meio dos pântanos, Ngunga pensava. Só duas pessoas gostavam dele: Nossa Luta e Imba. Mas Nossa Luta estava longe e Imba era uma miúda, mais pequena que ele. Além disso irritava-o, sempre a persegui-lo, a querer imitá-lo.

Voltar à aldeia? Para quê?

Escureceu completamente. Os mosquitos picavam-lhe o corpo. Ngunga avançou para a aldeia.

Ali chegado, foi à casa que Nossa Luta construíra e meteu as suas coisas num saquito velho. Um cobertor de casca, um frasco vazio, um pau de dentes, a fisga ao pescoço e a faca à cinta, eis toda a sua riqueza.

Ao passar pela fogueira do velho Kassuete, este perguntou:

— Quem és tu?

Ngunga não respondeu. O velho perguntou porque tinha medo, não era para saber se se tratava de Ngunga. Meteu-se na mata fechada, sem olhar para trás.

CINCO

Ngunga chegou no dia seguinte ao kimbo do Presidente Kafuxi. Depois de ter trocado as notícias com o velho, este perguntou:
— Mas onde pensas ir?
Ngunga encolheu os ombros. O velho então propôs:
— Se quiseres, podes ficar aqui. Eu já estou velho, os meus filhos estão longe. Podes ajudar as minhas mulheres na lavra, de vez em quando. Só nos trabalhos mais leves, pois és ainda pequeno. Não é para trabalhares que te digo, é porque tenho pena de ti, tão novo e já sozinho. Aqui, ao menos, terás uma família, um kimbo, um pai.
Ngunga não sabia mesmo aonde ir. Aceitou.
Ao saber da novidade, Imba saltou e correu de satisfação.
Foi assim que Ngunga foi adotado pelo Presidente Kafuxi.
Acordava com o Sol e ia ao rio buscar água. Trazia dois baldes, um em cada mão, e mais uma bacia de água cheia na cabeça. Depois acompanhava as três mulheres à lavra, de onde saíam quando o Sol deixava de ser forte. As mulheres comiam mandiocas ou maçarocas, mas não permitiam que ele arrancasse comida. À noite, todos comiam. O que sobrava era para ele. Ainda tinha de ajudar as mulheres a lavar as panelas, antes de ir dormir.
Imba por vezes ia com eles à lavra. Mas, quando ele se aproximava, uma das mulheres logo gritava:
— Deixa o Ngunga. Esse preguiçoso aproveita logo para parar de trabalhar.
Quando o velho perguntava sobre ele, diziam:

— É um preguiçoso. Só quer comer e passear.
O Presidente vinha ralhar com ele:
— Não tens juízo. Trato-te como a um filho e só me envergonhas. Não sabes que o nosso país está em guerra? Para nos libertarmos temos de trabalhar muito. É preciso produzir muito para os guerrilheiros. Não me ouves quando falo ao povo? É o povo que deve dar comida aos guerrilheiros. E quem é o povo? És tu, sou eu, a Imba, as mulheres. Os guerrilheiros defendem-nos e nós alimentamo-los. Os meus filhos são combatentes, estão longe. Mas, para mim todos os guerrilheiros são meus filhos.

Ngunga aceitou. Ele trabalhava muito, mas talvez não fosse suficiente. Prometeu trabalhar mais. Não falou nos ralhas injustos, na falta de comida. Pensou só em Nossa Luta, também guerrilheiro. E na lavra a sua enxada não parava.

SEIS

Foi no primeiro dia que ficou no kimbo sem ir à lavra que Ngunga ouviu a conversa entre o velho Kafuxi e o Responsável de Setor. Dizia este:

— Recebi queixas e por isso venho saber. O povo diz que o camarada Presidente quase nada dá aos guerrilheiros, que são só os outros que alimentam o Esquadrão...

— Quem diz isso? Os mentirosos, os invejosos! Quem diz? Quero os nomes deles.

— Eu só quero saber se é mentira. Os nomes não interessam.

— José, tu conheces-me desde miúdo — gritou o Presidente, um braço a apontar para o outro. — Diz, pensas que eu ia guardar a minha comida? Os meus filhos são guerrilheiros, estão a dar o sangue nesta luta. E eu vou recusar dar comida? Quem pensas tu que eu sou?

O Responsável de Setor era mais novo que Kafuxi. Embora fosse seu superior, devia-lhe respeito. Assim lhe tinham ensinado os seus avós. Engasgava-se, tossia, não sabia que dizer.

— Se me diz que é mentira, eu aceito.

— Claro que é mentira.

— O que eles dizem, alguns, é que o camarada dá. Mas dá pouco, pois colhe muito mais que os outros e entrega o mesmo que eles.

— Como é que vou dar mais? — berrou o Kafuxi. — Estou velho, já não trabalho na lavra.

— Sim, eu sei... Mas eles dizem que tem três mulheres, que pode dar mais.

— Diz-me tu, José. Quanto é que dás?

— Eu? Uma quinda de fuba por semana. Uma quinda como aquela — apontou a mostrar. — É o que está estabelecido.
— É o que eu dou. Como estão a protestar?
— Dizem que essa medida é para os que têm uma só mulher. Que não é justo, você que tem três...
— E tu não tens duas mulheres? Por que não dás mais, então?

O Responsável não foi capaz de responder. Desculpou-se e partiu, dizendo que ia falar ao povo.

Ngunga mostrara-se, mas não repararam nele. Não foi por acaso que Ngunga se mostrou. É que o Responsável só falava nas três mulheres do Kafuxi e esquecia o Ngunga, que trabalhava tanto como elas. Então o velho Kafuxi, com quatro pessoas a trabalhar para ele, dava o mesmo para os guerrilheiros que o velho Munguindo, que nem mulher tinha?

Mas o Responsável não reparou nele. E Ngunga não falou.

SETE

A vida de Ngunga continuou assim por certo tempo. Gostava era de passear, de falar às árvores e aos pássaros. Tomar banho nas lagoas, descobrir novos caminhos na mata. Subir às árvores para apanhar um ninho ou mel de abelhas. Disso é que ele gostava.

Só aceitara ficar e trabalhar porque o velho Kafuxi lhe falara. O velho convenceu-o com a sua conversa sobre a comida dos guerrilheiros. Kafuxi era o Presidente, quer dizer, era o responsável da população de uma série de aldeias. Ele devia organizar e resolver os problemas do povo. Ele devia organizar o reabastecimento dos guerrilheiros.

Mas, depois da conversa que tinha ouvido, Ngunga ficou a pensar. Afinal o velho estava a aproveitar. Era mais rico que o outros, pois tinha mais mulheres. Além disso, tinha o Ngunga que trabalhava todo o dia e só comia um pouco. Uma parte do seu trabalho, uma canequita talvez, ia para os guerrilheiros. Algumas canecas iam para a sua alimentação. E o resto? As quindas de fuba que ele ajudava a produzir, o que pescava no Kwando, o mel que tirava dos cortiços? Tudo isso ia para o velho, que guardava para trocar com pano.

Quando chegava um grupo de guerrilheiros ao kimbo, Kafuxi mandava esconder a fuba. Dizia às visitas que não tinha comida quase nenhuma. Se alguma visita trouxesse tecido, então ele propunha a troca. Sempre se lamentando que essa era a última quinda de fuba que possuía. Se a visita não tivesse nada para trocar, então partia do kimbo com a fome que trouxera.

Ngunga pensava, pensava. Todos os adultos eram assim egoístas? Ele, Ngunga, nada possuía. Não, tinha uma coisa, era essa força dos bracitos. E essa força ele oferecia aos outros, trabalhando na lavra, para arranjar a comida dos guerrilheiros. O que ele tinha, oferecia. Era generoso. Mas os adultos? Só pensavam neles. Até mesmo um chefe do povo, escolhido pelo Movimento para dirigir o povo. Estava certo?

E, um dia em que apareceu o comandante do Esquadrão com três guerrilheiros, aconteceu o que tinha de acontecer.

O velho lamentou-se da fome, dos celeiros vazios. Mandou trazer um pratinho de pirão para o Comandante. Para os outros nada havia. O Comandante teve de dar dois metros de pano e outro pratinho apareceu.

Ngunga não falou. Começava a perceber que as palavras nada valiam. Foi ao celeiro, encheu uma quinda grande com fuba, mais um cesto. Trouxe tudo para o sítio onde estavam as visitas e o presidente Kafuxi. Sem uma palavra, pousou a comida no chão. Depois foi à cubata arrumar as suas coisas.

Partiu, sem se despedir de ninguém.

O velho Kafuxi, furioso, envergonhado, só o mirava com olhos maus.

OITO

Mais uma vez, Ngunga pôs o saquito ao ombro e viajou.

Saltou para o outro lado do Kwando e andou dois dias até ao Kembo. Passou por alguns kimbos, onde lhe deram de comer. O povo admirava-se de ver um menino de treze anos caminhar sozinho. Aconselhavam-no a voltar para trás, porque havia guerra ali. Os colonialistas estavam a lançar ofensivas constantes. Ngunga sorria, agradecia, mas continuava.

Subiu o Kembo até chegar ao Kontuba. Quando não encontrava povos, alimentava-se de frutas da mata ou de mel. Conheceu um velho abandonado pela família. Chamava-se Livingue. Disse-lhe para ficar com ele. A família fugira para a Zâmbia. Como ele era velho para andar, deixaram-no.

Tinha uma lavra grande e era artista no fabrico de cachimbos. Se Ngunga ficasse com ele, teria comida e aprenderia a fabricar cachimbos. Ngunga negou. Continuou a subir com o Kembo, sem saber aonde ia. Quando lhe perguntavam, respondia:

— Quero ver onde nasce este rio.

Se insistiam, dizia:

— Quero ver o mundo.

A verdade ele não dizia. Que procurava então o Ngunga? É simples: queria saber se em toda a parte os homens são iguais, só pensando neles. As pessoas da zona do Kembo pareciam melhores, davam comida mais facilmente. No entanto, ele pensava que era só aparência. Todos perseguiam um fim escondido.

Foi nessa zona, uma manhã, que ele chegou à Seção. Uma Seção de guerrilheiros igual às outras, escondida numa mata, trincheiras cavadas à volta.

Ao dizer a aldeia donde saíra, um guerrilheiro exclamou:
— O kimbo do Nossa Luta.
— Sim, sim — disse Ngunga, satisfeitíssimo. — Onde está o Nossa Luta?
— Morreu.
— Morreu? — Ngunga não queria acreditar. — Nossa Luta morreu?

Tinha morrido numa emboscada do inimigo. Os camaradas tinham-no enterrado perto do caminho. Ngunga sentiu-se ainda mais só no mundo. E disse a verdade:
— Afinal eu andava à procura dele. Era o meu único amigo.

Os guerrilheiros insistiam para que ficasse uns dias com eles. Ngunga nunca na sua vida recebeu tantos presentes: um apito, umas calças, um pássaro de peito de fogo, um punhal. Agradecia a amizade, mas à noite chorava. Tinha arranjado outros amigos, mas eles não podiam tomar o lugar do amigo perdido. Foi Nossa Luta quem cuidou dele quando os pais foram assassinados, foi Nossa Luta quem o acarinhou e ensinou. E Ngunga chorava.

NOVE

Ngunga ficou a viver na Seção. Havia também mulheres na Seção e outras crianças. Sem que ninguém lhe dissesse, Ngunga começou a ir buscar água ao rio e a ocupar-se de pequenos trabalhos.

Gostava de ficar nas fogueiras, à noite, ouvindo cenas da guerra. As conversas eram sempre as mesmas: a guerra. Contavam-se episódios velhos ou novos, conhecidos ou não. E todos riam ou batiam palmas ou suspiravam de tristeza. Muitas vezes se falava no Comandante daquele Esquadrão, o camarada Mavinga. Todos recordavam a sua coragem e decisão. Mas havia guerrilheiros que diziam que Mavinga tinha um defeito: pensava demais nele mesmo. Ngunga queria conhecer o Comandante. Para ele, o defeito de Mavinga não era grave. Qual era a pessoa grande que não era egoísta? Nossa Luta. Mas estava morto, como os seus pais, como a velha Ntumba.

E um dia aconteceu mesmo o que Ngunga esperava.

O Comandante Mavinga apareceu com o grupo. Vinha fazer inspeção às seções do seu setor. Ngunga ficou perto do seu fogo, onde estavam reunidos os responsáveis. Não deixava de fitar o Comandante. Imaginara-o alto e forte. Via apenas um homem ainda novo, pequeno e magro. Tinha barba à volta da cara e mexia-se constantemente. Quando trouxeram a comida, comeu rapidamente, sem olhar para o lado. Os outros deixaram-no comer à vontade. Lavou depois as mãos numa bacia e perguntou:

— Então, não há nada para beber?

— Ainda não está pronto, camarada Comandante.

A conversa continuou. Depois trouxeram as cabaças de hidromel e os homens iam bebendo pela mesma caneca, que dava a volta a todos. Ngunga também recebeu a sua parte. Foi então que o Comandante reparou nele:

— Como? Já bebes?

— Um bocado, camarada Comandante.

Enquanto Ngunga esvaziava a caneca, Mavinga pediu informações sobre ele.

Explicaram-lhe. O Comandante contemplou-o, admirado:

— Tão pequeno e andas sozinho? Vais ser um bom guerrilheiro. Mas agora ainda não. Ele nem devia ficar aqui. Não convém ter muitas crianças nas seções. Quando há um ataque, só fazem confusão. É melhor que vivam nos kimbos. Mas, sobre este, vamos ver amanhã o que faremos dele.

Ngunga dormiu inquieto. Na Seção sentia-se bem, era a sua família. Por que queriam tirá-lo de lá? "Amanhã discutirei com o Comandante", pensou. E adormeceu.

DEZ

Ngunga tinha um princípio: se havia algum problema, ele preferia resolvê-lo logo. Deveria esperar que o Comandante o chamasse. Mas não esperou. Foi ele mesmo falar ao Comandante. Para que ter medo?
— Aqui não podes ficar, Ngunga.
— Mas aqui estou bem. Posso trabalhar, fazer uma lavra para os guerrilheiros. Não é pela primeira vez.
— Não é esse o problema. Mas as crianças nas seções...
— Eu não sou criança — cortou o Ngunga. — Se houver um ataque, não vou chorar nem fugir. Se tiver arma, faço fogo. Se não tiver, posso carregar as armas dos camaradas.
O Comandante riu.
— Já viste o fogo dos tugas?
— Então não? Não é pior que o nosso!
Mavinga estava divertido com a conversa. Falou:
— És um rapaz esperto e corajoso. Por isso deves estudar. Chegou agora um professor que vai montar uma escola aqui perto. Deves ir para lá, aprender a ler e a escrever. Não queres?
Ngunga ficou silencioso. Escola? Nunca vira. Ouvira falar, isso sim. Era um sítio onde tinha de se estar sempre sentado, a olhar para uns papéis escritos. Não devia ser bom.
— Prefiro ser guerrilheiro. Se não me querem aqui, então vou para outro sítio.
— Ngunga, tu és pequeno demais para ser guerrilheiro. Aqui já te disse que não podes ficar. Andar só, como fazes, não é bom. Um dia vai acontecer-te uma coisa má. E não estás a aprender nada.

— Como? Estou a ver novas terras, novos rios, novas pessoas. Ouço o que falam. Estou a aprender.
— Não é a mesma coisa. Numa escola aprendes mais. E assim vais conhecer o professor. Já viste um professor? Diz-me com que é que se parece um professor? Vais conhecer a escola. Eu parto amanhã e tu vais comigo.

Sem o saber, Mavinga encontrou o que podia convencer Ngunga. Com que se parecia um professor? Sim, precisava de conhecer o professor. Se não gostasse da escola, o seu saquito era fácil de arrumar. Vendo bem as coisas, não perdia nada em experimentar.

Foi assim que Ngunga deixou a Seção e seus amigos. Voltaria a visitá-los, prometia ele, com vontade de chorar.

ONZE

A viagem de Ngunga com o Comandante Mavinga durou quatro dias. Podia ser feita em dois, mas o Comandante parava em todos os kimbos. Reunia o povo, discutia com eles sobre a guerra e as tarefas a realizar. Em toda a parte eram bem recebidos. A fama de Mavinga corria pelos povos, os seus sucessos militares eram de todos conhecidos.

Ngunga aproveitava da maneira como era recebido o Comandante. Tinha o direito de ficar sempre perto de Mavinga, que o apresentava assim:

— Este é o Ngunga, um rapaz corajoso que quer conhecer o Mundo. Veio de longe, sozinho. O amigo dele era o camarada Nossa Luta, que vocês devem conhecer. Quer ser guerrilheiro, mas eu resolvi metê-lo na escola. Como nunca está parado, vocês ainda vão ouvir falar dele.

As crianças rodeavam Ngunga. Olhavam-no com respeito, pois ele andava com o Comandante Mavinga.

— Já combateste? — perguntava um.

— Como é a Zâmbia? — perguntava outro.

— Lá, donde saíste, há muitos carros? — perguntava ainda outro.

Ngunga sentia-se importante com o interesse das crianças. Outro qualquer aproveitaria para mentir, para contar histórias em que fosse um herói. Não Ngunga. A vida ensinara-lhe a modéstia. Aquilo que ele conhecia era ainda tão pouco! Os homens falavam de coisas novas que ele não percebia. Havia sempre alguém que lhe ensinava qualquer coisa. Se ele não tinha medo da noite e por isso diziam que era corajoso, havia outros que não tinham medo de injeções, por exemplo. O pequeno Ngunga sabia do que era capaz e do que não era capaz. E sabia também que não era capaz de fazer muitas coisas. Por isso não era vaidoso.

Respondia simplesmente às perguntas dos novos amigos. *Não, ainda não tinha combatido. Uma vez, os tugas atacaram o kimbo onde estava, e ele fugiu com os outros. Outra vez, no rio, apareceu o inimigo. Ele escondeu-se no capim da margem. Mas, combater mesmo, não, ainda não combatera. A Zâmbia? Não chegara até lá. Estivera perto, isso sim. Um dia haveria de ir. Os carros? Antes havia muitos que passavam na estrada. Mas, com as emboscadas, deixaram de passar. Ele ainda era pequeno, já não se lembrava. Vira um abandonado na estrada entre Muié e Kangombe, destroçado por uma mina, há pouco tempo.*

As crianças acabavam por se desinteressar de Ngunga. Afinal era um menino como eles, não um herói à altura de Mavinga. Iam-se afastando, uma a uma, ou para brincarem ou para observarem o Comandante. E Ngunga ficava só. Encolhia os ombros. Aproximava-se também do Comandante, para o ouvir contar as suas aventuras, mil vezes ouvidas. Mas Mavinga não se cansava de as repetir. Ficava contente, orgulhoso, quando lia admiração nos olhos dos que o escutavam. E Ngunga notou que a mesma história não era sempre contada da mesma maneira. De dia para dia, Mavinga aumentava um pouco ou o número de inimigos mortos ou a dificuldade da operação. Os que iam com ele parecia que não reparavam.

DOZE

A escola era só uma cubata de capim para o professor e, numa sombra, alguns bancos de pau e uma mesa. Ngunga imaginara-a de outra maneira. Também o professor o surpreendeu. Julgava que ia encontrar um velho com cara séria. Afinal era um jovem, ainda mais novo que o comandante, sorridente e falador. Esse aí sabia mesmo para ensinar aos outros?

Mavinga apresentou-o. Disse que ele não tinha família.

— Tem de ficar a viver aqui comigo — disse o professor. — Também já tenho o Chivuala, que veio comigo do Kwando. Os outros alunos são externos, vivem nos kimbos e vêm só receber aulas. Para estes dois, vai haver o problema da alimentação.

— Não há problema — respondeu o Comandante. — Vou falar com o povo. Quando derem comida para o camarada professor, acrescentam um pouco para os dois pioneiros. O Ngunga precisa de estudar, para não ser como nós. Se se portar mal, avise-me. Se não trabalhares bem, eu vou saber. E, se fugires da escola, eu encontrar-te-ei.

— Eu nunca fujo — respondeu Ngunga. — Quando quiser, digo que vou embora e vou mesmo. Não preciso de fugir como um porco do mato.

O professor riu.

— Espero então que não queiras ir embora. Vais ver como gostarás da escola.

Ngunga torceu a boca, como quem não acredita. Mas não disse nada.

O comandante ficou esse dia na escola. Ao sentar-se com o professor, entregou-lhe uns papéis. O professor lia alto para

Mavinga perceber. "O Comandante não sabe ler?", pensou Ngunga, admirado. Afinal deve ser difícil. Olhou com mais respeito para o professor União: União fazia uma coisa de que Mavinga não era capaz.

O povo veio com as crianças. O Comandante falou-lhes. A escola já estava pronta, podiam começar as aulas. O professor União tinha sido enviado de longe pelo Movimento, para ensinar. No tempo do colonialismo, ali nunca tinha havido escola, raros eram os homens que sabiam ler e escrever. Mas, agora o povo começava a ser livre. O Movimento, que era de todos, criava a liberdade com as armas. A escola era uma grande vitória sobre o colonialismo. O povo devia ajudar o MPLA e o professor em tudo. Assim, o seu trabalho seria útil. As crianças deveriam aprender a ler e a escrever e, acima de tudo, a defender a Revolução. Para bem defender a Revolução, que era para o bem de todos, tinham de estudar e ser disciplinados.

Assim falou o Comandante Mavinga, na abertura da escola. Depois falaram o professor e o Presidente do Comitê de Ação, o camarada Livanga.

A chinjanguila veio completar a festa, mostrando que o povo estava contente.

TREZE

Com a vinda para a escola, abriu-se uma nova parte da vida de Ngunga.

Mas ele, naquele tempo, não pensou assim. Estava ali para ver como era, não para ficar. Achava mesmo que não ia aguentar muito.

Acordava com o Sol e, com Chivuala, preparava o matabicho: geralmente era batata-doce ou mel. Ia lavar-se com União e Chivuala ao rio ali perto e voltavam, trazendo água. Depois chegavam os outros, e todos iam à escola. Era a parte mais difícil. Ngunga não podia ficar muito tempo sentado. Pedia constantemente para ir à mata. Aí ficava, às vezes, olhando as árvores ou os pássaros. O professor criticava-o. Ngunga baixava os olhos, não se defendia. Sabia que tinha errado, União tinha razão. Mas ele distraía-se, esquecia tudo quando via um pássaro bonito ou uma lagarta de muitas cores.

A tarde era o melhor. Os pioneiros iam para os kimbos e ficavam só os três. Iam então passear ao rio, para lavar roupa ou pescar. Ou iam visitar o povo. Às vezes caçavam. O professor andava sempre com a sua arma, como todos os adultos. União trouxera uma AK e também uma SKS, que entregara a Chivuala, mais velho que Ngunga. Mas o professor ensinara também Ngunga e às vezes deixava-o fazer fogo. União era um bom caçador e as cabras do mato eram alimento frequente na escola. Quando encontravam um animal, era sempre União quem disparava. Mas, se eram rolas, deixava os dois pioneiros atirar. Chivuala já matara uma, Ngunga ainda não tinha conseguido. Isso não o fazia invejar Chivuala. Este, porém, aproveitava sempre para o gozar, lembrando-lhe que atirava melhor que ele.

À noite, ficavam os três a conversar à volta da fogueira. União falava de coisas que eles não conheciam, da Natureza, dos homens ou da luta. Chivuala falava do que vira ou ouvira na sua terra natal. Ngunga nunca contava nada.

— Falas muito pouco — dizia União. — Não tens coisas para contar?

Ngunga dizia que não, o que via era pouco. Chivuala podia falar, já tinha quinze anos, era quase um homem. O professor respondia que toda a gente tem qualquer coisa a ensinar aos outros. Até que, uma noite, resolveu dizer alguma coisa. Contou a sua vida no kimbo do Presidente Kafuxi. No fim, o professor disse.

— Sim, eu conheço-o. A minha escola devia ser instalada lá. Mas ele recusou dar-me de comer. Dizia que já dava aos guerrilheiros, que não podia mais. O povo queria a escola, mas ele é o Presidente.

— Não se pode arranjar outro Presidente? — perguntou Chivuala.

— A Imba falava-me muito da escola — disse Ngunga. — Ela queria estudar. Assim perdeu por causa do pai.

— O Kafuxi é o mais-velho dali — disse União. — Ninguém tem coragem de o tirar de Presidente. Já no tempo dos tugas ele era o chefe do povo. Mas não pensem que é só ele.

E Ngunga pensou que havia coisas que não estavam certas. Mas ele ainda era miúdo...

CATORZE

Um dia, uma mulher trouxe comida para o professor, como de costume. União não estava, pois fora a um kimbo distante. Ngunga guardou a comida em casa. Ele e Chivuala comeram a parte que geralmente lhes cabia. Chivuala queria comer mais, mas Ngunga protestou. O professor podia chegar à noite e não encontraria nada. Não estava correto. Chivuala não insistiu.

O professor apareceu muito tarde, já eles estavam a dormir.
— Não há nada para comer? — perguntou União.

Ngunga levantou-se da cama. Procurou o que tinham deixado. Nada. Chivuala dormia.

— Havia, camarada professor. Não acabamos tudo. Mas agora não encontro.

— Roubaram?
— Mas quem? — interrogou-se Ngunga. — Só havia aqui o Chivuala e eu.

— Deixa ficar — disse União. — Amanhã veremos o que se passou.

No dia seguinte, o professor chamou o Chivuala. Este negou. Chamou Ngunga. Ngunga negou.

— Então, como pode ser? Só estavam vocês os dois, não estava mais ninguém. Se algum de vocês estava com fome e comeu, não tem problema. Mas deve dizer.

Ngunga sabia que só podia ter sido Chivuala. Mas este não se acusou e o professor União disse:

— Eu sei que foi um de vocês, mas não sei qual. Aquele que comeu está a cometer um erro grave, porque está a esconder-se. Eu agora estou a desconfiar dos dois e um está inocente. O que não quer confessar está a querer fazer com que eu pense que foi o outro. É triste. Pensava que eram dois bons pioneiros, corajosos e sinceros.

Acabou assim a discussão. Quando ficaram sós, Ngunga disse:

— Por que não disseste que foste tu?

— E tu, por que não disseste que foste tu?

— Eu sei que foste tu. Eu não fui — replicou Ngunga.

— Eu não fui. Foste tu. E, se continuas a chatear-me, levas porrada.

— Não tenho medo. Podes bater. Mas foste tu o ladrão.

Chivuala deu-lhe uma chapada. Ngunga suportou-a e atacou também. Chivuala era mais velho e bateu-lhe. Ngunga caiu. Chivuala começou a dar-lhe pontapés por todo corpo, até se cansar. A luta foi silenciosa, por isso ninguém notou. Chivuala saiu de casa, deixando Ngunga estendido no chão, um fiozinho de sangue nos lábios.

Ngunga não se queixou. Isso era com ele e Chivuala, ninguém tinha nada que saber. Ali acabou a sua amizade com Chivuala.

QUINZE

Os dias passaram. Ngunga e Chivuala não se falavam. O professor reparou, mas nada perguntou. Se algum deles lhe falasse, então ele poderia intervir. Mas, se os dois guardavam segredo, não devia mostrar que desconfiava. Claro que sabia que era por causa da comida, e também desconfiava de Chivuala: conhecia bem o Ngunga, o rapaz não fazia nada pelas costas.

Aconteceu então que Ngunga matou a sua primeira rola. O professor felicitou-o. Chivuala torceu a boca, descontente. Ngunga não se gabou, ficou só a olhar para a ave, ainda quente, na sua mão. União disse:

— Então, Chivuala, não dás os parabéns ao Ngunga?

— Por quê? A que eu matei estava mais longe.

A cena acabou. Mas, à tardinha, Ngunga ia a passar perto dum arbusto com espinhos e Chivuala empurrou-o. O outro fugiu. União viu de longe o que se passara. Quando chegou a casa, Ngunga foi ter com ele e pediu-lhe que o tratasse. O professor perguntou-lhe:

— Como te feriste assim?

— Caí em cima dum arbusto, não sei como fiz isto.

União tratou-o, sem dizer palavra. Quando acabou, chamou o Chivuala. Este veio, inquieto. União perguntou-lhe:

— Sabes como se feriu o Ngunga?

— Não vi, camarada professor — Chivuala observava o outro a ver se o tinha denunciado.

— É inútil mentires — disse União —, eu sei tudo.

— Queixaste-te, não é? — gritou Chivuala. Ngunga olhava para o chão e não respondeu.

— Não, Chivuala, o Ngunga não se queixou. Mas eu vi tudo. Perguntei-lhe e o Ngunga não quis acusar-te, disse que tinha caído. O Ngunga é incapaz de acusar os outros, espera que os outros confessem, como ele faz quando erra. O Ngunga é um bom pioneiro, corajoso e sincero. Não quis denunciar-te, quando roubaste a comida. E sabia que tinhas sido tu. Suportou a minha desconfiança. Devo dizer-te que, desde o princípio, pensei que eras tu, Chivuala. Outro qualquer teria vindo dizer-me que tinhas sido tu, para eu não suspeitar injustamente dele. Não o Ngunga. Infelizmente, tu não és assim. Tens inveja do Ngunga, não podes aguentar que ele seja melhor do que tu. Por isso vais-te embora, não te quero aqui conosco.

Quando Chivuala se foi embora, União perguntou-lhe o que pensava. Ngunga respondeu:

— O Chivuala já é quase um homem. É por isso que começa a ficar mau e invejoso.

— Para ti todos os homens são maus? Só as crianças são boas?

— Sim.

— Eu então também sou mau?

— Não — disse Ngunga. — O camarada professor é capaz de ser ainda um bocado criança, não sei. Por isso ainda é bom. Mas também é mau. Com o Chivuala, foi mau. Não devia mandá-lo embora. Trouxe-o do Kwando, deveria ir com ele. E podia ser que ele se modificasse, com uma ameaça forte.

O professor ficou pensativo. Deitaram-se em silêncio.

No dia seguinte, União mandou Ngunga procurar Chivuala no kimbo e dizer-lhe que voltasse. Mas Chivuala tinha partido, não se sabia para onde.

DEZESSEIS

Estavam a tomar o matabicho, quando tudo começou.

Um estrondo enorme, logo seguido de intenso fogo de armas ligeiras. União só teve tempo de pegar na arma e saltar para a trincheira, gritando:

— Vem, Ngunga, vem!

Ngunga imitou-o. O professor tinha cavado uma pequena trincheira à frente da casa. Por sorte, nenhum dos dois foi ferido com os primeiros tiros. Os colonialistas continuavam a fazer fogo, agora dirigido para a trincheira. União respondeu com duas rajadas curtas, depois a tiro a tiro. Ngunga, com quem ficara a SKS depois da partida de Chivuala, também disparou. Primeiro à toa, sem apontar. Depois começou a notar as árvores de onde vinham as balas do inimigo e, calmamente, apontou para lá.

— Devagar, Ngunga, poupa as munições — disse União.

Os inimigos pararam o fogo. O professor também parou, observando atentamente à sua volta. Podiam tentar cercá-los. Já tinham certamente reparado que eles eram só dois e iam tentar apanhá-los vivos. Um colonialista avançou para uma árvore e Ngunga disparou. Falhou. Uma granada rebentou perto deles e a areia veio cair sobre o pioneiro.

— É preciso aguentar — disse Ngunga. — O Mavinga vai aparecer.

Tinham na véspera recebido mensagem, dizendo que o Comandante Mavinga estava perto e chegaria em breve. "Ouvindo o fogo, ele virá com os seus guerrilheiros", pensou Ngunga. "É preciso aguentar. Ele virá."

O inimigo abriu de novo fogo. Agora vinha sobretudo da esquerda. Os soldados estavam escondidos atrás das árvores e não tentavam avançar. Os dois amigos só disparavam quando viam um inimigo. Um obus de bazuca silvou acima das suas cabeças e foi rebentar a casa. Um pau caiu na trincheira e feriu União na cabeça.

— Estou ferido. Foge, Ngunga. Eu vou abrir fogo e tu foges.

— Não! — E Ngunga disparou com raiva sobre as sombras que se moviam, avançando a rastejar. Um homem ficou deitado, os braços à frente da cabeça.

— Matei um! — gritou Ngunga. — Matei um!

O professor limpou o sangue que escorria dos cabelos para a cara. Sorriu para Ngunga.

— Os nossos vão vir — disse o pioneiro. — É preciso poupar munições para eles terem tempo de chegar.

Embora os dois camaradas estivessem atentos, alguns soldados tinham conseguido aproximar-se e mais uma granada caiu muito perto da trincheira. Mas o que a lançou não se deitou a tempo e União pôde meter-lhe uma bala na cabeça. Os outros dispararam com raiva, a querer vingá-lo.

"Os nossos já não devem estar longe", pensou Ngunga a encorajar-se. Mas, quando tentou carregar de novo a arma, notou que não tinha munições. A cartucheira estava vazia, a caixa grande de balas tinha ficado em casa. União atirou-lhe um carregador de AK. Ngunga começou a tirar as balas do carregador para as meter, uma a uma, na SKS. União também só tinha um carregador. Estavam reduzidos a menos de sessenta munições.

Os inimigos não ousaram mostrar-se para lançar granadas ou para apontar melhor. As balas passavam por cima da trincheira ou enterravam-se na areia. Os colonialistas paravam por vezes o fogo, parecendo que iam fazer um envolvimento, mas depois voltavam a atacar no mesmo sítio. O combate já durava há vinte minutos.

— Ngunga, a gente não pode aguentar. É melhor fugires.

O pioneiro abanou a cabeça e fez fogo. Era a sua resposta. A cara de União estava cheia de sangue, mas não parecia grave. Uns tugas recomeçaram a avançar, enquanto outros os cobriam com fogo. Ngunga abateu mais um e os restantes esconderam-se. União viu que já não tinha balas, pois apertou o gatilho em vão. Disse-o a Ngunga. Este passou-lhe o carregador com as restantes dez balas. Ngunga calculou que teria umas cinco na sua arma. E os tugas atacaram de novo. Os camaradas fizeram fogo. Foi então que a terceira bazucada foi lançada. O obus estourou mesmo à frente da trincheira e a terra caiu-lhes em cima, atordoando União. Ngunga continuou a disparar, mas sem nada ver, pois a areia cegara-o. Com raiva, sentiu que a SKS já não obedecia.

Esfregou os olhos, ajoelhado na trincheira. A voz fraca de União chegou-lhe aos ouvidos:

— Acabou tudo. Rende-te, para não te matarem.

Os colonialistas tinham parado o fogo. Ngunga sacudiu o ombro de União: estava desmaiado. Que fazer? Passaram longos momentos. O inimigo devia estar a avançar com todo o cuidado e ele estava sem munições e cego! Então tudo acabara? Era afinal assim que tudo acabava. Só havia o silêncio à volta deles.

E, depois, a voz odiada a gritar ali perto:

— Atirem as armas para fora! Levantem-se com os braços no ar.

As lágrimas corriam nos olhos cegos de Ngunga. Não era medo. Era só raiva de não ter uma granada. União, adormecido, não sentiu nada do que se passou. Mas Ngunga sofreu toda a humilhação pela derrota.

DEZESSETE

Foram levados para o posto de Cangamba, em helicóptero.
Ngunga continuava cego, mas não se preocupava com isso, pensava mais em União. Tinham sido separados e não sabia se o professor estava vivo. Depois, levaram-no ao tratamento, e em breve o pioneiro recuperou a vista. União, por seu lado, foi tratado e metido numa cela. Os ferimentos não eram graves. Passado pouco tempo, foram buscá-lo para o interrogatório.

Ngunga ficou esquecido todo o dia na sua cela escura. À noite abriram a porta e atiraram um homem lá para dentro. Não havia luz nenhuma e não o reconheceu. Mas descobriu-o pela voz, quando ele perguntou:

— Quem és tu?
— Chitangua! Camarada Chitangua? Eu sou o Ngunga.
— Sim, sou o Chitangua. Como estás, Ngunga?
— Mais ou menos. Quando foi preso? Hoje? O kimbo foi atacado?

Chitangua era um homem do kimbo do Presidente Livanga, perto da escola. Não respondeu logo a seguir. Quando o fez, foi a custo.

— Fui apanhado ontem à tarde, quando ia ao rio. Hoje só vos apanharam a vocês os dois. Com o tiroteio, o povo todo fugiu para longe. Eles regressaram ao quartel. Bateram-me, bateram-me muito.

Chitangua começou a chorar. Ngunga não o via, mas recordava-se bem dele. Era o homem mais alto e forte do kimbo, com uns olhos grandes e assustados.

— Quando lhe bateram? Ontem?
— Não, ontem não me bateram. Foi hoje, aqui no posto. A mim e ao camarada Professor.
— Viu o camarada Professor?
— Sim, estive com ele o dia todo no interrogatório. Como ele não quis falar, bateram-lhe. E a mim também, lá porque ele não falou. São mesmo maus. Ontem aceitei fazer o trabalho que eles queriam, não recusei nada, e afinal hoje trataram-me assim.

O homem falava com dificuldade, por causa dos soluços. Ngunga perguntou:
— Mas que trabalho fez?
— Indiquei o sítio da escola. Fui lá mostrar-lhes. Mas vocês defenderam-se bem. Eles queriam recuar quando perceberam que as vossas munições estavam a acabar.
— Então você é que nos traiu? Foi mostrar o sítio?
— Que queres? Senão iam bater-me talvez matar-me...

Ngunga não respondeu. Um homem tão grande, cheio de força. Um covarde! O outro continuou a lamentar-se, lamentos cortados pelos soluços.
— Que vai ser de mim? Vão matar-me. Eu aceitei fazer o trabalho deles e vão matar-me. A culpa é do professor. Por que é que não fala? Só querem saber quais as instruções que o Mavinga recebeu. O União é que lhe lê as cartas, ele sabe. Por que não diz? Eu só sabia que tinham vindo instruções, foi isso que lhes disse, e então eles perguntaram ao União. Ai, o que vai ser de mim? Não fiz nada de mal, nunca fiz a guerra. Eles querem apanhar o Mavinga; dizem que é um terrorista perigoso. E eu é que pago? Ai a minha vida!

Ngunga tinha vontade de lhe bater também. Um homem tão grande, tão forte! União, sim, União era um homem. Combateu até ao fim e sempre preocupado com a salvação de Ngunga. E agora recusava ajudar os tugas a apanharem o Comandante Mavinga. União era seu professor e amigo: o orgulho fez Ngunga esquecer o sofrimento.

DEZOITO

Ao fim de dois dias, vieram buscar Ngunga. Levaram-no à presença do agente da PIDE. Este era um branco magro e baixo. Ngunga nunca tinha visto um branco. Só vira um mestiço num grupo de camaradas que passaram no seu kimbo, a caminho do Bié. "Afinal não metia medo nenhum", pensou ele, "só que é branco".
— Este é que é o Ngunga? Um bandido tão pequeno! Foste tu que disparaste sobre os soldados, não é?
Traduziram a fala do branco para mbunda. Ngunga disse que sim com a cabeça. Quis dizer: "e matei dois", mas calou-se. Não sabia explicar por quê, mas achou melhor não falar nisso.
— Não te vamos fazer mal, tu não tens culpa. Os vossos professores é que vos ensinam isso. Vais ficar aqui no posto, por enquanto. E não podes sair. Vais trabalhar como meu criado. À noite, dormes com o cozinheiro. Levem-no!
E Ngunga, desta maneira, tornou-se criado do chefe da PIDE. Lavava o chão, servia a comida, lavava as panelas. O cozinheiro era um velho resmungão. Já sabia da história de Ngunga.
— Vocês julgam que vão ser independentes — dizia ele. — Estúpidos! Se não fossem os brancos, nós nem conhecíamos a luz elétrica. Já tinhas visto a luz elétrica e os carros, seu burro? E queres ser livre. Livre de quê? Para andares nu a subir nas árvores?
Ngunga parecia ter perdido a língua. Desde que o tiraram da cadeia, não falara ainda. Sabia que União estava preso, e sabia mesmo onde era. União não cedera à pancada, pois um dia o agente da PIDE queixou-se:

— O teu professor ainda acaba por morrer sem falar, o cão!
Ngunga percebia um bocado de português, mas fingia que não. O outro não acrescentou mais nada.

"O União não falara", pensou o pioneiro. E o plano nasceu na cabeça de Ngunga. Escapar dali era fácil, ele já tinha estudado o posto e vira como devia fazer. Mas o problema era libertar o professor. Começou a andar pelas casas dos G. E., metendo conversa com eles. Todos lhe chamavam de "pequeno bandido", mas ele não se importava. Queria saber o máximo que lhe pudesse servir para o plano. Depois compreendeu que os G. E. não serviriam para nada, pois eram só criados dos portugueses e não tinham força nenhuma ali. Começou a levar o café ao escritório da PIDE. E tornou-se amigo dos guardas.

Já tinham passado dez dias sobre o combate. União era interrogado todos os dias. De fora do escritório, Ngunga ouvia as pancadas e os berros do chefe da PIDE mas nunca conseguira ver o professor. Se soubesse escrever... Sim, se soubesse escrever, podia meter um bilhetinho na cela de União e combinarem juntos a fuga. Mas pouco se interessara por aprender, só gostava mesmo de passear. Pela primeira vez, Ngunga deu razão ao professor, que lhe dizia que um homem só pode ser livre se deixar de ser ignorante. Agora era tarde. Tinha de preparar tudo sozinho.

Mas o tempo passava e Ngunga não conseguia meio de descobrir como tirar União da cadeia. O resto seria fácil. Sair do posto era uma brincadeira, o problema era só tirá-lo da cela. Mas como? Quando lavava os pratos, quando comia, Ngunga pensava, pensava. A chave! Era preciso apanhar a chave. Mas a chave da cadeia estava com os guardas, e havia um guarda armado que dormia lá dentro.

Numa manhã, viu União sair da cadeia, agarrado por cinco homens, e ser empurrado para um helicóptero. "Vão levá-lo", pensou Ngunga, "vão levá-lo". Largou a vassoura e

correu para o professor. Apesar dos guardas, conseguiu agarrar-se a um braço de União e perguntar:
— Para onde te levam?
— Para o Luso.
Todo o seu plano estava destruído. Já não podia libertar o professor. Soluçando disse:
— Contarei aos outros que não falaste!
Empurraram-no e Ngunga caiu. União foi levado para o helicóptero. Sem nada poder fazer, sentado no chão, limpando com raiva as lágrimas da raiva, Ngunga olhava. Já na porta do helicóptero União gritou mais forte que o barulho do motor:
— Nunca te esqueças de que és um pioneiro do MPLA. Luta onde estiveres, Ngunga!
Foi a última lição que dele recebeu. Fecharam a porta e o helicóptero levantou voo. No chão ficou Ngunga, pensando nas palavras de União.

DEZENOVE

Ngunga tinha ficado no posto só por causa de União. Agora já não havia razão para ficar. Fugiria nessa mesma noite. Mas havia uma coisa que não lhe saía da cabeça.
— Nunca te esqueças de que és um pioneiro do MPLA. Luta onde estiveres, Ngunga!
Ia fugir para lutar. Mas era tudo o que podia fazer? Ali não podia fazer mais nada? Sim, podia.
O chefe da PIDE chegou a casa e disse lhe:
— Julgas que não sei o que disseste ao professor? Como é que vais contar aos outros que ele não falou? Daqui não sais. E, se continuas com essas ideias de terrorista, voltas para a cadeia.
O cozinheiro traduziu para mbunda. Depois, o branco bateu-lhe até se cansar. Ngunga não chorou, só os olhos luziam.
Veio a noite. Escura, pois as nuvens tapavam a lua. O cozinheiro já fora para casa. Ngunga saiu da cozinha e entrou na sala onde estava o chefe da PIDE. Este escrevia na mesa. A pistola estava pendurada na parede. Ngunga pegou nela e apontou-a para o branco. Ele ouviu barulho e virou a cabeça. A primeira bala atravessou-lhe o peito. A segunda foi na cabeça. Ngunga foi ao quarto, apanhou a G3 e a FN que lá estavam. Com as três armas, saiu de casa e meteu-se na noite.
Eles tinham apanhado uma AK e uma SKS, quando atacaram a escola. Ele levava uma G3, uma FN e uma pistola. Eles apanharam o União, mas três soldados e o chefe da PIDE morreram. "O Movimento não perdeu o combate", pensou ele. Hum! Não era verdade. União valia mais que cem colonialistas. Mas ele não podia fazer mais nada.

Perto do arame farpado, rastejou para passar na abertura que tinha preparado nas noites anteriores. No posto, os soldados corriam para saber de onde tinham vindo os tiros. Encontrariam o polícia no meio do seu próprio sangue, ele que fizera correr tanto sangue de União. Ngunga não o matou por lhe ter batido. Já tinha planejado tudo antes que o branco chegasse a casa. Tinha mesmo preparado a G3 para a utilizar. Mas quando viu a pistola mudou de ideias. Matou-o porque era um inimigo, um assassino. Matou-o porque torturava os patriotas.

— O pioneiro do MPLA luta onde estiver! — gritou ele para as árvores.

E correu para a liberdade, para os pássaros, para o mel, para as lagoas azuis, para os homens. Atrás de si ficava o arame farpado, o mundo dos patrões e dos criados.

VINTE

Caminhava de novo sozinho. Livre, mas só. A noite estava escura e Ngunga não conhecia a região. Além disso, não devia utilizar os caminhos, pois os soldados podiam fazer patrulhas a procurá-lo.

Parou ao fim de duas horas, numa mata muito cerrada. Hesitou. Acabou por acender o fogo. Tinha preparado tudo e trouxera fósforos, assim como duas latas de comida, um cantil de água e sal. Abriu uma lata e comeu. Depois bebeu água.

Não trouxe cobertor, por causa do peso. Mesmo assim já sofria com as duas armas. Deitou-se ao lado da fogueira. Mas não conseguiu dormir, porque começou a chover. Era uma chuva miudinha, mas molhou-lhe a roupa e impedia que o fogo crescesse. Ngunga passou toda a noite a soprar nas brasas, para se aquecer.

Os pensamentos fizeram-lhe companhia. Devia chegar até ao Comandante Mavinga, para lhe entregar as armas e lhe explicar tudo o que se passara. Mas onde estaria agora Mavinga? Tinha de encontrar um kimbo ou uma seção. E qual o caminho? Decidiu marchar para leste.

E União onde estaria? Continuaria a ser torturado. Ngunga tinha perdido mais um amigo. De novo, na vida, não tinha ninguém. União tinha talvez sido o melhor de todos. Dissera-lho na véspera do ataque. O professor respondeu que também tinha defeitos; ele, Ngunga, talvez ainda não tivesse descoberto, mas todas as pessoas têm defeitos, ninguém era perfeito. Ngunga continuava a achar que União era perfeito, agora ainda mais do que antes.

As pessoas de quem gostara e de quem não gostara vinham-lhe à lembrança: os pais, Mussango, Kafuxi, Imba, Nossa Luta, Mavinga, Chivuala, União. Bons ou maus, todos tinham uma coisa boa: recusavam ser escravos, não aceitavam o patrão colonialista. Não eram como os G. E. ou o cozinheiro da PIDE. Eram pessoas; os outros eram animais domésticos.

VINTE E UM

Andou três dias perdido na mata. Sede não tinha, pois os rios eram abundantes. Mas, ao fim do primeiro dia de marcha, a fome começou a apertar. Durante esse tempo, alimentava-se de mel. Sem machado nem uma faca grande, não podia arranjar muito mel, e teve de suportar a fome.

No segundo dia passou um helicóptero por cima dele. Mas não houve mais nada. E ele prosseguiu a rota.

Quase já sem forças para levar as armas, chegou a um caminho com pegadas de há pouco tempo. Seguiu as pegadas, a G3 em posição de fogo, a FN ao ombro. Avançou assim cerca de meia hora, sem encontrar ninguém. Ouviu então os pilões. Era um kimbo. Ngunga escondeu-se fora do caminho, pensando. O sol em breve ia desaparecer. Podia ter andado às voltas e estar ainda muito perto do posto. Se assim fosse, podia haver G. E. no kimbo. Mas a fome fê-lo decidir-se. Voltou de novo ao caminho e avançou pé ante pé, os olhos observando tudo.

O barulho dos pilões vinha agora da esquerda. O caminho fazia, portanto, uma curva. Cortou a direito pela mata, com cuidado para não pisar nenhum pau seco. Pouco depois, distinguiu as primeiras casas. Começou a avançar de joelhos no chão muito lentamente, o coração a bater com força.

Viu as mulheres a pisar o massango. Viu um grupo de homens conversando. Amigos ou criados? Uma rapariga da sua idade passou ao lado com um balde de água. Vinha pelo caminho que ele deixara. Se tivesse esperado só um bocado, poderia tê-la apanhado e recebido informações.

Foi então que viu um guerrilheiro sair duma casa e ir sentar-se junto dos homens. A farda era de guerrilheiro, o boné era de guerrilheiro e a arma era uma Pepecha. Suspirou de alegria. Reparou também que os homens estavam armados de "chinjanguilas" — eram membros dos Comitês de Ação do MPLA. Levantou-se e gritou:
— Camaradas, sou eu, Ngunga!
Avançou para o meio do kimbo. Os outros pegaram nas armas. Ngunga gritou de novo:
— Não tenham medo, camaradas. Sou Ngunga, um pioneiro.
Deixaram-no aproximar-se, desconfiados por causa das armas que ele trazia. As mulheres tinham parado o trabalho e a rapariga bonita ficou encostada a uma casa, os olhos assustados. Ngunga, de pé, explicou rapidamente quem era e por que estava ali. Cumprimentaram-no então e mandaram-no sentar com eles.

Afinal, o homem com a Pepecha não era um guerrilheiro, mas sim um DP. Disse que o melhor era ficar à noite no kimbo. No dia seguinte levá-lo-ia à Seção, onde se encontrava o camarada Avança, Comandante do Esquadrão.

Ngunga tinha andado na má direção e afastara-se do Setor do Comandante Mavinga.

A rapariga bonita, que ele soube depois chamar-se Uassamba, trouxe comida. Depois de comer, ele contou tudo como se passara. Os homens lançavam exclamações por vezes. Uassamba, afastada do grupo, escutava atentamente. E Ngunga contava, sem se gabar, simplesmente, como as coisas tinham sido na verdade. Os olhos dela estavam cheios de espanto. E Ngunga falava, falava, mas só falava para ela.

Nessa noite, Ngunga sonhou que tinha sede e uma menina vinha dar-lhe água, segurando-lhe a cabeça para poder beber. Essa menina tinha a cara de Uassamba e seus olhos assustados de gazela.

VINTE E DOIS

De manhã cedo, o DP veio buscar Ngunga. Ao saírem da aldeia, encontraram Uassamba. Ela sorriu para Ngunga. E Ngunga notou que o Sol nascente começava a girar à toa, as árvores se torciam e o vento cantava. Mas ele sabia que tudo se passava na sua cabeça, só por causa do sorriso de Uassamba.

Durante toda a marcha pensou nela. Nessa altura, nem o nome sabia. Queria perguntar ao DP, mas não se atrevia. Tinha de voltar ao kimbo e perguntar-lhe a ela.

Já era tarde quando chegaram à Seção. O Comandante Avança felicitou-o pela sua coragem. Disse que a Seção mais próxima do Esquadrão de Mavinga ficava a três dias de marcha. No dia seguinte, mandaria dois guerrilheiros acompanhá-lo.

Como o DP se despedia, Ngunga perguntou por que não ia com eles no dia seguinte. Ele disse que o kimbo ficava na direção contrária.

— Mas eu preciso de passar no kimbo...
— Por quê? — perguntou o Comandante.
— Porque, porque... — Ngunga não sabia que responder. A verdade não podia dizer. — Porque não me despedi. Trataram-me tão bem lá...
— Ora, isso não faz mal — disse o DP. — Eu explico lá no kimbo.
— Se passassem no kimbo, precisavam de quase cinco dias para chegar à primeira Seção. E pode ser que o Mavinga esteja numa outra. Isso não é razão.
— Mas eu quero ir lá — teimou Ngunga.

O Comandante zangou-se.

— Camarada, se quer ir lá, ninguém o impede. Mas eu não vou dar-lhe dois guerrilheiros para andar a passear. Esses homens fazem-me falta aqui na Seção. Pode ir, mas depois vai sozinho procurar o Mavinga.

Ngunga ia resmungar que não era a primeira vez que ia sozinho. Mas pensou que precisava de encontrar o Mavinga o mais depressa possível. E sozinho ia demorar pelo menos uma semana. Calou-se, aborrecido. Os homens eram todos iguais, nunca compreendiam nada.

Dormiu mal, sonhando que havia um rio entre ele e Uassamba, um rio que cada vez crescia mais.

VINTE E TRÊS

Ao partirem, Ngunga teve mais uma discussão com Avança. Tinha pegado nas armas que trouxera do posto, quando o Comandante lhe disse:

— As armas ficam aqui no Esquadrão.

— Não, vou levá-las para o Comandante Mavinga — respondeu Ngunga, irritado.

— Mas você pensa que manda alguma coisa? — gritou Avança. — As armas foram recuperadas ao inimigo e pertencem ao Movimento. Por isso ficam no primeiro Comando onde passaram.

— Pertencem ao Movimento, mas fui eu que as recuperei. E eu sou do setor do Mavinga. Por isso...

— Quem manda aqui sou eu. Estas armas ficam conosco, pois precisamos delas.

— O Mavinga também precisa...

— O Mavinga, o Mavinga, só te ouço falar do Mavinga. É teu pai?

— Não é meu pai. É o meu Comandante — respondeu Ngunga. — Por que você tem inveja do Mavinga?

O Comandante ficou furioso. Fez um gesto de lhe dar chapada. Respirou fundo. Depois gritou:

— Desaparece da minha frente! O Mavinga, se quiser, que venha depois discutir comigo.

E Ngunga partiu, a amaldiçoar o Comandante Avança. Ainda o ouviu falar nas suas costas:

— Esse miúdo julga que é herói e que faz o que quer. Vê-se mesmo que é do grupo do Mavinga. Estão todos convencidos de que são os melhores!

Ngunga pensava que, por causa desse invejoso, agora ia desarmado. Não era mesmo injusto? E sem ver a rapariga bonita que aparecia nos seus sonhos, sem lhe conhecer sequer o nome...

Os guerrilheiros que o acompanhavam disseram-lhe para não se importar. Avança era invejoso e cruel. Os guerrilheiros não gostavam dele. Avança dizia que o que contavam de Mavinga era mentira; era ele próprio, Mavinga, que obrigava a contar os seus feitos, para a Direção do Movimento o fazer subir.

— O Mavinga vai dar-lhe uma lição, vocês verão — disse Ngunga.

O Comandante não estava na primeira Seção. Foi preciso ainda mais um dia de marcha. "Estou a cinco dias dela", pensou, triste, o pequeno Ngunga. Quando voltaria a vê-la? Quando é que as árvores se torceriam e o Sol rodaria de novo, com o sorriso dela?

VINTE E QUATRO

Foi um Ngunga magro e fatigado que se apresentou ao comandante Mavinga. Este abraçou-o, comovido. Os guerrilheiros rodearam-no, abraçaram-no, atiraram-no ao ar, deram-lhe hidromel, trouxeram-lhe água para se lavar. Depois ficaram todos à volta dele, esperando as notícias.

Ngunga contou as suas aventuras, tal como o fizera no kimbo de Uassamba. Mas não tirava os olhos do chão, como se estivesse envergonhado. Contou depois o que se passara na sua viagem de volta e a atitude de Avança. Claro que não falou de Uassamba. Quando acabou, Mavinga tomou a palavra:

— Camaradas, todos ouvimos. É verdade tudo o que ele contou, pois ouvimos os combates, e os camaradas lutaram até ao fim. Vimos o sangue que os colonialistas deixaram no terreno; houve pelo menos oito mortos e feridos. Depois tivemos notícia de que o chefe da PIDE foi morto e de que o Ngunga fugira. Estávamos à tua espera, camarada Ngunga. E estamos contentes por te termos de novo conosco. Mostraste que és um verdadeiro pioneiro do MPLA, isto diz tudo.

O povo dos kimbos vizinhos organizou logo uma festa e vieram convidar Ngunga e os guerrilheiros. Ngunga ficou sentado no grupo dos mais-velhos, ao lado do Comandante. Era a homenagem do povo ao seu pequeno herói.

Quando estavam a sós, Mavinga disse-lhe:

— Vou levar-te a uma outra escola. Tu mesmo disseste que, se soubesses escrever, talvez o camarada União estivesse hoje aqui. Por isso, sei que vais estudar a sério.

— Está bem, camarada Comandante. Eu quero aprender. Por acaso, eu já andava a pensar sair da escola, quando fomos atacados. Não gosto de estar muito tempo no mesmo sítio. Mas agora sei que é preciso fazer esse sacrifício e estudar.

— É isso mesmo, Ngunga. Quanto ao Avança, vou dar-lhe uma surra, ele merece-a. Mas primeiro tenho uma missão. Depois levo-te à escola e a seguir vou ver o Avança.

— Eu também quero ir — disse o pioneiro. — Verdade, preciso mesmo de ir.

— Já perdeste muito tempo, tens de ir para a escola.

— Por favor, camarada Comandante, deixe-me ir consigo. Não lhe pedirei mais nada, prometo.

— Queres recuperar as tuas armas? Vou dar-te uma SKS para levares para a Escola.

— Não é por isso. É outra coisa...

Os olhos de Ngunga pediam com tanta insistência que Mavinga teve pena.

— Deixo-te ir, se me disseres de que se trata.

O pioneiro baixou os olhos, envergonhado. Dizer? Sentiu ao mesmo tempo necessidade de contar a alguém o que lhe acontecia. Por que não a Mavinga? Quase sem querer, as palavras começaram a sair da sua boca. E falou de Uassamba, da vontade de a voltar a ver, de lhe falar, de saber o seu nome.

Mavinga riu, riu.

— Já? Só treze anos e já te interessas pelas raparigas? Tu és só miúdo na idade e no corpo, afinal.

— Posso ir? — perguntou Ngunga.

— Está bem. Agora também a quero conhecer! — Respondeu o Comandante, rindo. E entregou mais uma caneca de hidromel a Ngunga.

VINTE E CINCO

Ngunga esperou impacientemente o regresso do Comandante. Mavinga esteve uma semana ausente. Voltou, contando mais uma vitória sobre os colonialistas.

Partiram no dia seguinte para o Esquadrão de Avança. Ngunga nunca teve tanta pressa de chegar a um sítio. Era sempre o primeiro a acordar e a sacudir o Comandante.

Avança recebeu-os desconfiadamente, sobretudo por ver Ngunga com Mavinga. Este iniciou logo a conversa. Avança queria discutir a sós com ele, para que os guerrilheiros não ouvissem. Mavinga falou à frente de toda a gente:

— Vim buscar as minhas armas que querias roubar.

— Roubar, não. Eu...

— Roubar, sim, isso chama-se roubar.

— As armas são do Movimento... — tentou dizer Avança.

— Pois são! E de quem é o meu Setor? Não é do Movimento? Quando atacaram a escola, os tugas apanharam duas armas. Essas que o Ngunga recuperou servem para as substituir. Tu sabias bem disso. Mas quiseste só chatear!

Avança perdera toda a sua vaidade. Tinha um palmo a mais que Mavinga, mas parecia que desaparecia à frente dele. Como Mavinga ficara de pé, ele também não se podia sentar. Mavinga continuou, bem alto, para todos ouvirem:

— Para que te serviam as armas, se tu andas a fugir do inimigo? Passas a vida nas seções ou nos kimbos; se há uma ofensiva escondes-te na mata. Para que queres mais armas? Era só para chatear o Mavinga...

— Julgas que és só tu que combates? — Arriscou Avança.

— Vê-se que, entre nós, há uma grande diferença. Mas acabou, dá-me as armas.

Sem que o Comandante Avança desse a ordem, dois guerrilheiros trouxeram as armas. Mavinga falou mais uma vez, virado para os guerrilheiros:

— Se aqui não estamos a lutar bem, a culpa não é vossa, camaradas guerrilheiros. Vocês não têm culpa de terem um Comandante assim. Bem, vamos embora.

E abandonaram a Seção, para irem dormir na mata. À volta duma fogueira, longe da do Comandante, um guerrilheiro segredou a Ngunga:

— O Mavinga tratou mal o Avança. Não o devia ter feito à frente dos guerrilheiros; isso tira a disciplina. Mas houve um problema de mulheres entre eles, é por isso que não se podem ver e falam mal um do outro.

Ngunga, deitado ao lado de Mavinga, pensava que só mesmo União era perfeito.

VINTE E SEIS

Chegaram ao kimbo de Ussamba quando já o Sol estava no meio-dia. Foram recebidos muito bem, por causa de Mavinga, mas também por causa de Ngunga, que já era conhecido. A rapariga bonita não aparecia. Vinham outras cumprimentá-los, trazer-lhes água, comida. Mas ela não.
— Qual é, então? — Segredava Mavinga ao pioneiro.
— Ainda não veio.
O chefe do kimbo chamava-se Chipoya. Era secretário do Comitê de Ação. Ngunga tinha vontade de perguntar pela rapariga, mas não tinha coragem.
Finalmente ela apareceu. O mundo deixou de existir, os barulhos dos pássaros pararam, as moscas desapareceram, as cores das borboletas da mata morreram. Só ela existia, viva, à sua frente. Ngunga tremia e não sabia o que fazer, o que falar, para lhe responder ao cumprimento. Uassamba estava ajoelhada aos seus pés, batendo as palmas, e Ngunga dominava o mundo.
Mavinga compreendeu logo que era ela a rapariga dos sonhos de Ngunga. No meio da conversa com os mais-velhos, o Comandante disse a Ngunga:
— Vai ter com ela.
— Como?
— Faz-lhe um sinal e vai para a mata.
Uassamba estava perto das mulheres e olhava para Ngunga. O pioneiro não aguentava os olhos dela. Depois ela levantou, foi buscar uma bacia e saiu do kimbo, a caminho do rio. Mavinga, atento, deu uma cotovelada nas costelas de Ngunga.

Este levantou-se, pediu desculpa, e entrou na mata, no lado contrário ao caminho para o rio. Correu, deu a volta ao kimbo, continuou pela mata e chegou ao caminho. Ela vinha um pouco atrás. Ele esperou e, quando a rapariga chegou perto dele, falou-lhe:
— Como te chamas?
— Uassamba.
— Queria falar contigo. Da outra vez, quando fui à Seção, quis voltar aqui, mas não foi possível...
Ela riu.
— Eu sei. O Comandante até ralhou contigo — ela ria baixinho, os olhos no chão.
— Sim. Queria ver-te, falar-te...
— Falar o quê?
Ngunga olhou para ela, admirado, pensativo. Falar o quê? Mas não se estava mesmo a ver? Não conseguiu responder. Perguntou:
— Vais ao rio? Vou contigo.
— Não — disse Uassamba. — Podem ver-nos e o meu marido é muito ciumento.
— O teu marido?
— Sim, o Chipoya. Não sabias?
O mundo caiu em cima da cabeça do rapaz. Nem no combate, quando a última bazucada destruiu a trincheira, ficara assim tão atordoado. Gaguejou:
— Mas... aquele velho?
Uassamba viu a tristeza de Ngunga. Também ela estava triste, só que Ngunga não reparava nas lágrimas brilhando nos olhos de gazela. Ela disse, baixo:
— Casei há dois meses. Sou a quarta mulher dele.
— Mas... tu gostas dele? Daquele velho?
— Pagou o alambamento, A minha família quis, ele é secretário, tem muitas lavras... Não, não gosto dele. É velho, é feio, é mau. Antes eu brincava com as outras, ia dançar.

Agora não posso, ele não deixa, manda sempre uma mulher vigiar-me. Só posso ir ao rio buscar água. Nem às lavras vou, tenho de ficar com ele no kimbo, todo o dia.

Ngunga encostou-se a uma árvore. Por que o Mundo era assim? Tudo o que era bonito, bom, era oprimido, esmagado, pelo que era mau e feio. Não, não podia. Uassamba, tão nova, tão bonita, com aquele velho? Lá por que ele a comprara à família? Como um boi que se compra ou uma quinda de fuba?

— Tu vens comigo. Vamos fugir.

Ela não respondeu logo. Pensou, pensou, riscando a areia com o pé.

— Como vamos viver? — perguntou ela.

— Eu não vivi até aqui? Viveremos os dois da mesma maneira.

— Não posso. Não, não posso — disse ela. — A minha família já gastou o alambamento. Depois terão de o devolver. Os meus pais são velhos, nunca poderão arranjar esse dinheiro.

Ngunga não era pessoa para abandonar assim uma ideia. Pegou-lhe na mão e disse:

— Logo à noite vai haver chinjanguila. Vamos falar então.

Ela sorriu-lhe. Mas era um sorriso triste. Os olhos dela pareciam os da gazela ferida de morte. E partiu para o rio. Ngunga ficou a vê-la andar, a tristeza misturando-se à alegria, pois afinal ela não o recusava.

Havia um rio entre ele e Uassamba. Um rio enorme, cheio de jacarés e cobras venenosas. Ele tinha sede, muita sede, e a água do rio não podia ser bebida. Na outra margem, Uassamba estendia-lhe as mãos em concha, contendo água pura.

Poderia Ngunga vencer a corrente e todos os inimigos para ir beber a água nas mãos de Uassamba? Assim pensava Ngunga, ao regressar ao kimbo.

VINTE E SETE

Quando chegou ao kimbo, aproximou-se de Mavinga. Este notou que não era o mesmo Ngunga que conhecia. Parecia mais velho, sério, preocupado. O Comandante pediu desculpa aos outros e afastou-se com o rapaz.
— Então?
Ngunga contou-lhe tudo. Falou-lhe também do seu projeto de fugir com ela. O Comandante fez ar zangado:
— Estás maluco ou quê? Se ela é casada, pronto, não penses mais nisso. Como vais pagar o alambamento? Nunca hás de arranjar o dinheiro. Fugir é muito bonito. Mas depois serão os pais dela a pagar o que receberam. E, além disso, se foges com ela, como vão viver? Tu dizes que sempre assim viveste. Mas ela? Não pensas nela? Julgas que pode aguentar? És um miúdo e tens de estudar; é isso que vais fazer.
Ngunga não estava convencido. A resposta do Comandante era justa, sentia-o. Mas então ia deixar ficar Uassamba com o velho? Mavinga continuou:
— Ouve, Ngunga. Se fosse o União, talvez te falasse melhor mas diria o mesmo que eu. Na vida, nem sempre se pode fazer aquilo que se deseja. Devemos saber sempre aquilo de que somos capazes. E, quando vemos que não conseguimos uma coisa que está acima das nossas forças, devemos desistir. Não é vergonha retirar se estamos sós contra vinte inimigos. Tu és muito novo. Queres lutar para melhorar a vida de todos. Para isso, tens de estudar. Com Uassamba, não o poderás fazer. Serás homem casado, terás de trabalhar para lhe dar de comer. Nem luta, nem estudo, nada. Só Uassamba. Até quando?

Que diria União? O mesmo que Mavinga, certamente.
Oh, este Mundo está todo errado! Nunca se pode fazer o que se quer!

— Hei de lutar para acabar com a compra das mulheres — gritou Ngunga, raivoso. — Não são bois!

— Para isso precisas de estudar. Eu não sei sobre o alambamento. Sempre se fez, os meus avós ensinaram-me isso. Mas, se achas que está mal e que é preciso acabar com ele, então deves estudar. Como aceitarão o que dizes, se fores um ignorante como nós?

Mavinga foi ter com os mais-velhos. Ngunga ficou a olhar o velho Chipoya, muito vaidoso ao lado do Comandante. Igual ao Kafuxi. Uns exploradores todos eles, e nomeados pelo Movimento para dirigir o povo.

Se o velho morresse... Afastou o pensamento. Não, isso não podia. O velho não era um colonialista, não era um vendido ao inimigo, não era um criado do tuga. Não, isso não. E Ngunga teve vergonha de o ter pensado. Era Uassamba que lhe dava esses maus pensamentos. Não, ela não tinha culpa. Era o Mundo com as suas leis estúpidas.

Mais uma vez Ngunga jurou que tinha de mudar o Mundo. Mesmo que, para isso, tivesse de abandonar tudo do que gostava.

VINTE E OITO

Começou a chinjanguila. Todos lá estavam, povo, guerrilheiros, responsáveis. Dos kimbos vizinhos tinham vindo cumprimentar o Comandante Mavinga. Chipoya também assistia, sentado numa cadeira. Estavam lá todos, menos Uassamba.
Ngunga saiu dali, ajudado pela noite e pela confusão, e voltou ao kimbo. Uassamba esperava-o. Meteram-se na mata, iluminados pela lua cheia. Sentaram-se num tronco caído e ele pegou-lhe na mão. Ficaram assim calados, durante muito tempo. Sentindo só o calor da mão do outro. Ngunga já não estava inquieto. Estava calmo, como quando chegava o momento de fazer o que era necessário fazer. Ela falou primeiro:
— Ngunga? Estive a pensar no que me disseste. Não pensaste bem. Não posso fugir contigo, embora gostasse. Os meus pais vão ter de pagar o alambamento que receberam, e eles são velhos. Não lhes posso fazer isso...
— Ora, tens pena deles? Não te venderam a um velho? É bem feito para eles. Se gostassem de ti, como bons pais, deixavam-te escolher o marido, não te obrigavam a...
— É o costume, Ngunga! Eles pensam que fazem bem. Eu não posso fazer-lhes isso.
Ele não respondeu. Tinha vontade de gritar, de insultar o Chipoya, os pais de Uassamba, os velhos que defendiam os costumes cruéis, os novos que não tinham coragem de os destruir. A voz dela era doce, a acariciá-lo. O nome dele tornava-se mel na boca dela:

— Ngunga? Tu és novo demais para te casares. Seria mau para ti. Agora seria bom, mas, mais tarde, ias arrepender-te. Também não te posso fazer isso. Temos a mesma idade, mas eu sou mais velha. Devo ver o que é bom e o que é mau para ti. Gostava de ir, é verdade. Mas não posso. Tu partirás, verás outras coisas, outras terras, outras raparigas. O pior é para mim, que fico aqui a aturar o Chipoya. Entre nós os dois, sou a mais infeliz, podes ter a certeza.

Não valia a pena falar mais. Tudo já estava decidido. Ele ainda era fraco para combater contra todos e mais as leis dos avós. O rio era largo demais, a corrente muito forte, os jacarés esfomeados. Ngunga estava nu, sem uma arma, enfraquecido pela sede. Não podia enfrentar o inimigo.

Mavinga dissera que não era vergonha retirar...

— Que vais fazer? — perguntou Uassamba.

— Vou para uma escola.

Calaram-se. As palavras não tinham sentido, Ngunga sempre desconfiara das palavras. Sobretudo em certos momentos.

O tempo passou sem que dessem conta. A chinjanguila continuava. A noite escondia-os, só o luar vinha espiá-los, passando entre os ramos das árvores.

De repente, Ngunga falou:

— Mudei muito agora, sinto que já não sou o mesmo. Por isso mudarei também de nome. Não quero que as pessoas saibam quem eu fui.

— Nem eu?

— Tu podes saber. Só tu! Se um dia quiseres, podes avisar-me para eu vir buscar-te. Escolhe o meu novo nome.

Uassamba pensou, pensou, apertando-lhe a mão. Encostou a boca ao ouvido dele e pronunciou uma palavra. Mas fê-lo tão baixinho que o barulho da chinjanguila a cobriu e só Ngunga pôde perceber. Nem as árvores, nem as borboletas noturnas, nem os pássaros adormecidos, nem mesmo o vento fraquinho, puderam ouvir para depois nos dizer.

Ngunga só se despediu de Mavinga. Explicou-lhe por que queria ir secretamente. Pediu-lhe para não contar a ninguém aonde ia e não voltar a falar de Ngunga, que tinha morrido nessa noite inesquecível. E não revelou o seu novo nome ao Comandante.

Partiu sozinho para a escola.

Um homem tinha nascido dentro do pequeno Ngunga.

PARA TERMINAR

Esta história de Ngunga foi-me contada por várias pessoas, nem sempre da mesma maneira. Tive de cortar algumas coisas que pensei não serem verdade ou com menos interesse.

Procurei em todas as escolas, a ver se encontrava o Ngunga. Mas foi em vão. Vi pioneiros que podiam ser ele, mas negavam sempre. Procurei Uassamba e soube, finalmente, que ela tinha sido levada para o posto. Não procurei o Comandante Mavinga, porque todos sabemos que morreu, combatendo heroicamente o colonialismo, ainda este ano.

Encontrei o velho Kafuxi, que subiu a responsável do setor. Nem me quis ouvir quando lhe falei no Ngunga. Mas, talvez para mostrar que a história que dele contavam não era verdade, ofereceu-me uma galinha. Também não me quis informar sobre Imba. Dizem que a vendeu a um Comandante, para comprar a quarta mulher.

Aos pássaros de que Ngunga tanto gostava, perguntei:

— Como se chama agora o Ngunga?

Responderam que estavam a dormir naquela noite em que Uassamba murmurou a palavra ao ouvido dele. Não consegui pois saber o novo nome de Ngunga.

Nem sequer descobri quando se passou a última chinjanguila a que Ngunga assistiu, a chinjanguila da noite do desaparecimento. Segundo umas informações, teria sido em 1968. Segundo outras, em 1969. Mas um velho chamado Livingue, e que fazia cachimbos no Kembo, afirmou-me ter encontrado o Ngunga perto do Kontuba, em 1971. O velho está um bocado maluco, por ter sido abandonado pela família; será boa a sua informação? Qual será a verdade? As histórias são sempre um pouco modificadas pelo povo e a guerra dificulta as buscas.

Ou talvez Ngunga tivesse um poder e esteja agora em todos nós, nós os que recusamos viver no arame farpado, nós os que recusamos o mundo dos patrões e dos criados, nós os que queremos o mel para todos.

Se Ngunga está em todos nós, que esperamos então para o fazer crescer?

Como as árvores, como o massango e o milho, ele crescerá dentro de nós se o regarmos. Não com água do rio, mas com ações. Não com água do rio, mas com a que Uassamba em sonhos oferecia a Ngunga: a ternura.

Hongue, Novembro de 1972.

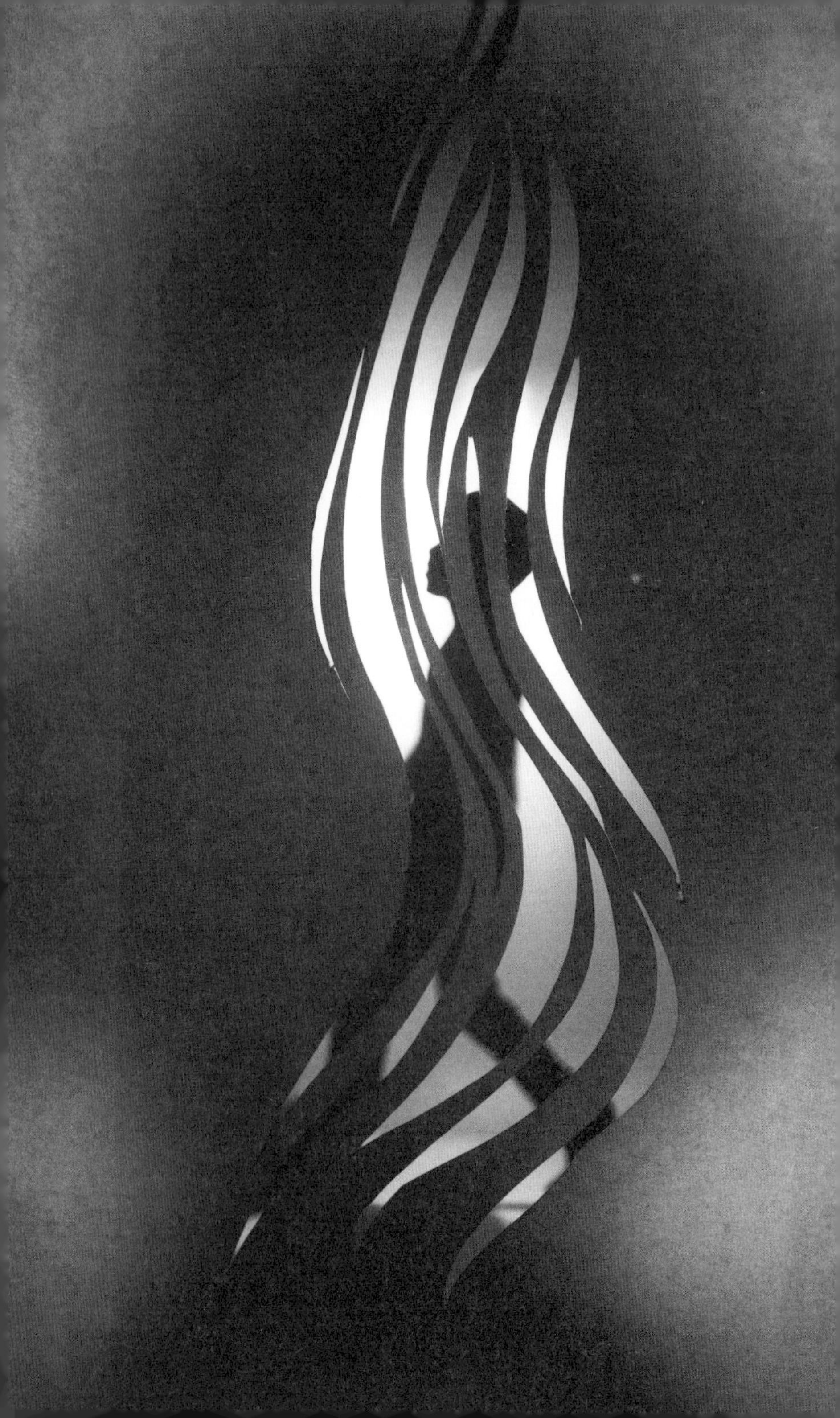

GLOSSÁRIO

alambamento (ou alembamento): espécie de dote que a família do noivo oferece à família da noiva, por ocasião do pedido de casamento; pode ser em moeda ou em bens.
chinjanguila: dança de roda tradicional e particular da região sudeste de Angola. A partir do começo da luta armada de libertação, passou a ser assim chamada a arma artesanal cujo cano era um tubo metálico de irrigação e era de carregar pela boca. No norte do país chama-se *canhangulo* ou *kanyangulu* (na grafia bantu).
DP: Defensor do Povo.
fuba: farinha de mandioca ou de milho.
kimbo (umbundo): povoado, aldeia.
G. E.: Grupos Especiais, forças locais controladas pela PIDE, que atuavam contra os guerrilheiros da Luta de Libertação de Angola.
Luso: capital da Província do Moxico, na era colonial. Atualmente, Lwena (ou Luena).
mais-velho (com hífen): termo usado em Angola, conotando idade, sabedoria e respeito. O mais-velho; os mais-velhos.
massango: cereal; planta com espigas e grãos semelhantes aos do milho.
matabicho (mata-bicho): primeira refeição do dia; pequeno almoço; café da manhã.
MPLA: Movimento Popular de Libertação de Angola.
PIDE: Polícia Internacional e de Defesa do Estado (polícia portuguesa).
pioneiros: jovens que participaram da Luta de Libertação de Angola.
quinda: espécie de cesto de palha.
seção (secção): idealmente era um grupo de 30 guerrilheiros. Três seções constituíam um *destacamento*, chefiado por um comandante. Ao redor da base de uma *seção*, havia aldeias ou *kimbos*, a distância suficiente para uns não denunciarem a presença dos outros e suficientemente perto para os guerrilheiros defenderem as populações em caso de ataque.
tuga: termo usado para se referir aos portugueses opressores.

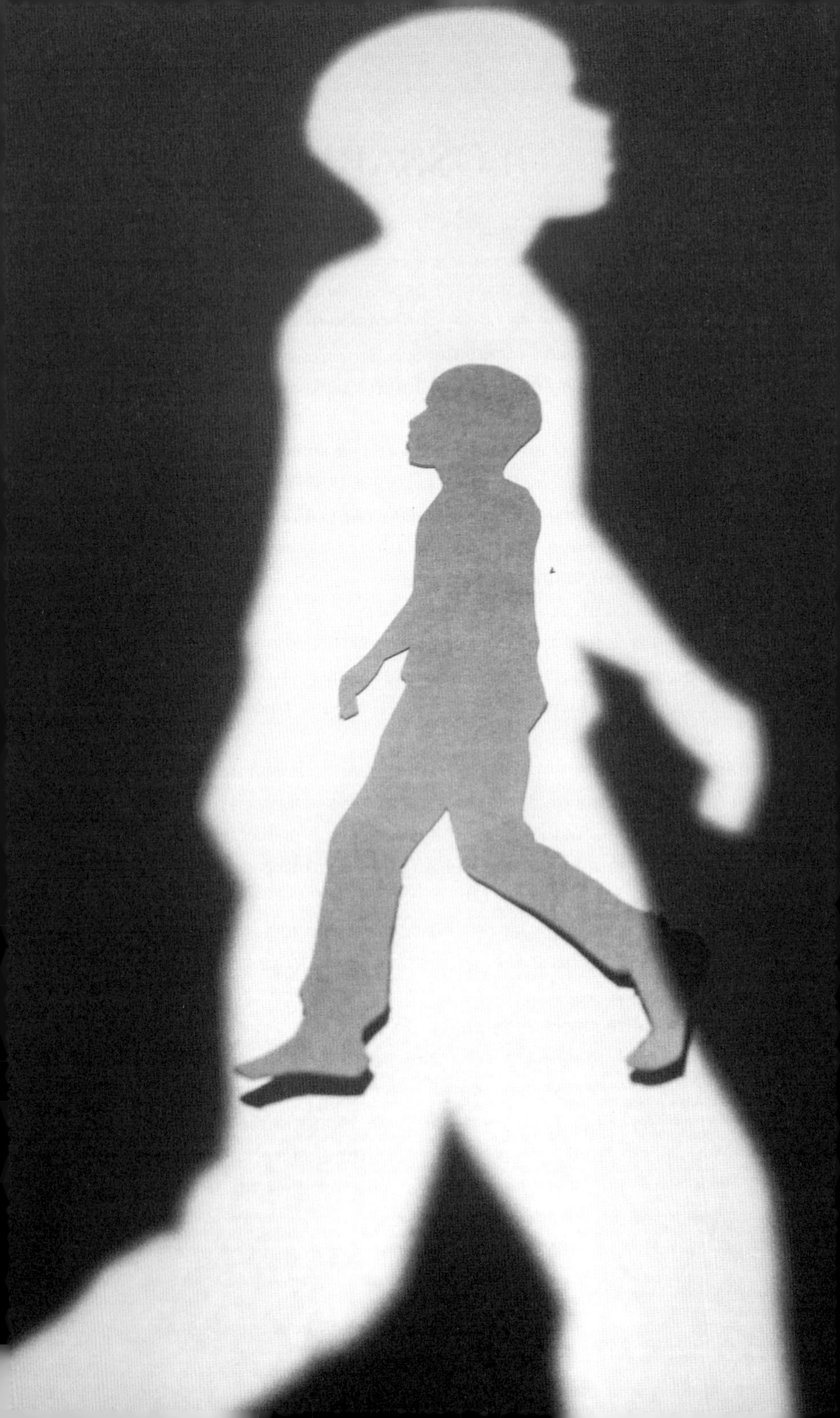

LEMBRANÇAS E MENSAGENS

JOFRE ROCHA
ANGOLA

Tenho a agradecer ao talento de Pepetela em *As aventuras de Ngunga*, a perícia com que nos transporta para o universo dos homens que fazem a História, de que ele próprio faz parte, num plano de realidade crua mas humanizante, onde se entrechocam culturas, reminiscências do passado, avanços e recuos, crendices, afectos desencontrados.

Abraça-nos então a vivência dos personagens mergulhados num idealismo não isento de interrogações, temores e incertezas que a ignorância e a superstição muitas vezes alimentam, mas que se revigora quotidianamente na vontade inabalável de vencer.

Bem haja, escritor Pepetela!

MIA COUTO
MOÇAMBIQUE

A escrita de Pepetela transporta-nos para as histórias da nossa História com a proximidade de quem vive por dentro a realidade angolana e a distância de quem sonhou um outro mundo. Pepetela foi guerrilheiro contra as velhas injustiças, foi cidadão quando se construía uma nova nação e foi crítico quando foi necessário denunciar as novas elites do seu país. Mas acima de tudo continua a ser um escritor que nos orgulha a todos nós, cidadãos da língua portuguesa.

RITA CHAVES
BRASIL

Mais que de um só escritor, em *As aventuras de Ngunga* temos um livro de um tempo e de um lugar. É a expressão de uma utopia que tomou conta de muitas gerações, de uma gente capaz de suspender o medo e, em seu lugar, erguer a esperança. Os anos eram os de 1960/70 e o chão era de uma Angola em movimento, de um território que saía de suas fronteiras e investia na transformação. Nem o canhão, nem a escrita — aliados na dominação, como bem define Manuel Rui em emblemático ensaio sobre as tradições orais — foram capazes de deter Ngunga ou de parar essa literatura que nos faz pensar e querer continuar imaginando um mundo mais justo. Como muitas vezes mais, Pepetela se faz intérprete dessa corrente e partilha a sua voz com a de tantos outros personagens que se moviam pelos terrenos minados, movidos por um sonho mais poderoso do que as armas do inimigo. Dessa invenção, participaram personagens de papel como Comandante Nossa Luta, Comandante Mavinga, professor União e Uassamba, tão misteriosa em sua beleza, e personagens reais, mulheres, homens e crianças que emprestaram suas vidas a uma causa.

Com seu talento excepcional, o autor soube associá-los e converter em energia viva os sinais da utopia, aquela utopia concreta que resiste a tantos ventos. Se o sonho do socialismo se esfumou, adiado talvez para outras idades, como insistimos em acreditar, o sonho de Angola está vivo e se reinventa no Ngunga que guardam no peito o escritor e alguns de seus companheiros de luta. E outros que prosseguem na vida difícil de cada dia resistindo ao desalento. E nós, leitoras e leitores apaixonados, só queremos acompanhá-los na esperança de novos dias. E, nos dizendo de um certo tempo e um certo lugar, de forma tão verdadeira, a narrativa salta para além desses limites e nos entrega a força de uma humanidade que nos faz melhores. Nessa comunhão reside a razão de ser da literatura que, em sua tão difícil definição, insiste em perdurar nesse mundo hostil.

LUÍS BERNARDO HONWANA
MOÇAMBIQUE

Num momento do processo de afirmação das nossas literaturas em que o movimento geral poderia ainda ser definido como o de protesto e tomada de consciência — qualquer coisa que nasce, fermenta e ganha corpo nos corredores da clandestinidade, num tempo de espera, *As aventuras de Ngunga* de Pepetela é a primeira obra que é engendrada no próprio "maquis", como nessa altura aprendemos a designar o espaço da luta armada de libertação nacional.

Do universo da CONCP eu já tinha como referências literárias (e também como amigos pessoais, pois conhecemo-nos ainda em Portugal no tempo de exílio, o Luandino Vieira e o Manuel Rui) além, bem entendido, dos clássicos da "Mensagem" e da Casa dos Estudantes Império. O Pepetela conheci-o na minha primeira ida a Luanda, como parte da delegação moçambicana às cerimónias da proclamação da independência de Angola. Apresentou-mo o Rui Mingas.

E porque já tinha lido *As aventuras de Ngunga* e sabia de tudo quanto na altura já se tinha difundido sobre a génese desse livro senti-me imediatamente amigo de Pepetela, sem embargo do seu trato meio sacudido a que a hirsutez de aspecto não fazia senão acentuar. (Juro que o som familiar que tem para um ouvido moçambicano o nome Ngunga, para nós um apelido, não teve e continua a não ter nada a ver com o assunto...)

E fico cada vez mais amigo de Pepetela, mais comovido com a limpidez daquelas histórias, mais solidário com o povo irmão de Angola e mais admirador da sua grandiosa literatura — de cada vez que releio esse livro saboroso que deu certo quando tinha tudo para dar errado: um texto que um "camarada Quadro" se põe a escrever porque sentiu que os alunos das escolas do MPLA que vem visitando não têm material de leitura e também porque é oportuno naquela conjuntura produzir histórias que inspirem os patriotas, que ajudem a compreender a luta e a difundir a mensagem...

Quem é que disse que a literatura que se faz por encomenda não pode produzir verdadeiras obras-primas (quando quem a subscreve tem real talento)?

FRANCISCO NOA
MOÇAMBIQUE

Trata-se de uma das obras que, ao lado de *Luuanda* de Luandino Vieira, *Nós matámos o Cão Tinhoso!* de Luís Bernardo Honwana, *Quem me dera ser onda* de Manuel Rui, preencheu, de forma prodigiosa, a nossa imaginação de adolescentes, em plena ebulição revolucionária e que envolveu as nossas independências na década de 70. O facto de terem como protagonistas crianças e adolescentes desencadeou, em cada um de nós, uma imediata e festiva identificação. No caso específico da obra de Pepetela, há toda uma vivacidade envolvente não só na inquestionável mestria da arte de narrar, mas também no desfile de personagens inesquecíveis como Comandante Nossa Luta, Comandante Mavinga, professor União, a bela e enigmática Uassamba, sem obviamente esquecer o próprio Ngunga. É, pois, à volta deste, onde se concentram e gravitam as inúmeras e apelativas peripécias, as decepções, os sonhos de uma nação, e muito particularmente todo um código de valores que tanto estruturavam as mensagens cruzadas no texto, como ajudaram, de forma muito didáctica, a inseminar a nossa imaginação, ajudando-nos a melhor interpretar o mundo novo que nascia diante dos nossos olhos ainda prenhes de inocência. A transformação de Ngunga, no final, representava todas as mudanças individuais e colectivas que as nossas jovens nações experimentavam, num genuíno exercício ritualístico de passagem.

CARMEN TINDÓ SECCO
BRASIL

As aventuras de Ngunga é um livro encantador. Quando me preparava para prestar o concurso para a cadeira das Literaturas Africanas na Universidade Federal do Rio de Janeiro, em 1993, li essa obra de Pepetela com meus alunos do Pedro II, colégio em que lecionei antes de ingressar na UFRJ. Houve interesse por parte dos discentes da quinta série, pois a coragem exemplar de Ngunga e as lições de vida e liberdade por ele transmitidas foram alvo de grande admiração.

A narrativa, assemelhando-se a uma singela epopeia do MPLA, erige o protagonista, Ngunga, como "pioneiro sem mácula", "herói mítico", amante dos pássaros, dos rios, da natureza. Há um olhar e uma dicção poética captando a flora, a fauna da geografia angolana, em meio à luta de libertação vivenciada pelo menino órfão que perdera os pais na guerra.

O trecho poético e bastante político que mais me emocionou foi, ao final, quando compreendi que Ngunga "está em todos nós, os que recusamos o arame farpado", "os que queremos o mel para todos".

JOSÉ LUÍS CABAÇO
MOÇAMBIQUE

Antes de ser amigo do Pepe eu já me sentia seu companheiro de jornada, juntos na mesma picada, sonhando sonhos paralelos. *Mayombe* foi a referência da gesta dos nossos povos, do heroísmo e dos sacrifícios consentidos, convivendo com problemas que se adivinhavam e contradições incubadas.

Neste caleidoscópio de entusiasmos, certezas e angústias me veio parar às mãos outro livro de Pepetela escrito nos anos da luta de libertação:

As aventuras de Ngunga. E se *Mayombe* me surgiu como um convite à reflexão sobre os obstáculos a superar pela geração que aceitara o grande desafio, nessas Aventuras eu li (ou quis ler) a generosa transparência do empenho dos Pioneiros a nos alertar para a importância de preservar a essência da Libertação do Povo e resgatar, a cada momento, os ideais que a inspiraram. Hoje, passado meio século, na leitura dessa narrativa voltamos a perceber essa utopia figurada em Ngunga como, mais que uma escolha, uma necessidade para seguirmos. Ao amigo e ao escritor agradeço a lucidez e a beleza da sua mensagem.

INOCÊNCIA MATA
SÃO TOMÉ E PRÍNCIPE

Embora ciente de que vale sempre repetir o óbvio, Pepetela é um escritor sobre o qual apetece dizer que dispensa apresentações. Vale, pois, a pena apresentar aquele que ganhou o nome na guerrilha: Pepetela (*pestanas* em kimbundu), nome por que é conhecido Artur Carlos Maurício Pestana dos Santos, nasceu em Benguela a 29 de Outubro de 1941. Fez os estudos primários na sua terra natal e os secundários no Liceu Diogo Cão, na antiga Sá da Bandeira, hoje Lubango. Completou os estudos secundários em 1958, ano em que rumou para a então metrópole, com o propósito de estudar Engenharia no Instituto Superior Técnico. Em 1961, decide mudar de curso, tendo-se matriculado no curso Histórico-Filosóficas, na Faculdade de Letras da então Universidade Clássica de Lisboa, hoje apenas Universidade de Lisboa. Em Lisboa frequenta a Casa dos Estudantes do Império. Narrativizaria essa experiência e essas vivências em *A Geração da Utopia* (1992), um romance de forte projecção auto-biográfica.

A partir da fermentação político-ideológica vivida na "Casa", decide-se pelo exílio em França, em 1962. Em 1963 torna-se militante do MPLA – Movimento Popular da Libertação de Angola, para depois rumar à recém-independente Argélia onde estudará Sociologia. Na capital argelina, onde será co-fundador do Centro de Estudos Angolanos, faz parte da equipa da *História de Angola* (a primeira escrita por angolanos).

Em 1969 é integrado na luta armada na Frente de Cabinda com funções na área da Informação e da Educação, ao mesmo tempo que participava na guerrilha. Ainda durante o ano de 1969, escreve *Muana Puó*, romance que só viria a ser publicado em 1978. Durante as pausas da guerra, nos anos de 70 e 71, como prolongamento pessoal de um comunicado de guerra, escreve *Mayombe*, que só seria publicado, após aturada reflexão pessoal e curiosa autorização, em 1980. Este romance valer-lhe-á, no mesmo ano, o Prémio Nacional de Literatura. Mas seria a necessidade de produzir material didáctico para ser utilizado na alfabetização das populações das zonas libertadas da guerrilha do MPLA que o levou a escrever *As Aventuras de Ngunga*. É que em 1972 é deslocado para a Frente Leste para, no ano seguinte, ocupar o cargo de Secretário Permanente da Educação e Cultura. É no desempenho destas funções, e dada a manifesta falta de materiais didácticos, que escreve as estórias que darão origem a *As Aventuras de Ngunga*, que serão primeiro distribuídas em exemplares mimeografados em 1973 e, em 1977, publicadas na forma que hoje se conhece.

As Aventuras de Ngunga é uma narrativa breve (não cabe no âmbito deste texto uma discussão genológica, se se trata de um romance ou uma novela) sobre o menino órfão-futuro-guerrilheiro, sobre combatentes como o guerrilheiro Nossa Luta, o comandante Mavinga, o professor União, a velha Ntumba ou mesmo Chivuala, o companheiro de Ngunga, que são representados com signos que constroem uma isotopia de (quase) perfeição humana — a isotopia do Homem Novo. Por isso, diferentemente das personagens de outros romances, mesmo os seus primeiros romances — como Ele e Ela (*Muana Puó*, 1969), Sem Medo e João (*Mayombe*, 1980), Alexandre Semedo, Vilonda, Ulisses/Joel (*Yaka*, 1984); Lueji e Tchinguri, uma personagem extraordinária que desafia os nossos limites de empatia e de construção de sentidos éticos e morais (*Lueji*, 1989), Aníbal, Sara e até Elias (*A Geração da Utopia*, 1992), e mesmo João Evangelista (*O Desejo de Kianda*, 1995) — que são "andarilhos de fronteiras", de ideias, de afectos e de sentimentos, as personagens de

As Aventuras de Ngunga, são "planas", no sentido em que, na sua constituição e desenvolvimento, são de percepção linear, sendo os (seus) defeitos e virtudes de carácter usados para desencadear excursos moralizantes e doutrinários: o valor da escola e do saber, a relação entre alfabetismo e liberdade, o sentido da solidariedade e de entre-ajuda, a humildade e o espírito de colectivismo, a sinceridade contra a mentira.... Mesmo considerando o perfil doutrinário da narrativa, ninguém pode discordar de que "a escola era uma grande vitória sobre o colonialismo", como disse a Ngunga o admirável comandante Mavinga, ele próprio analfabeto... Compreende-se, assim, que em algumas classificações esta novela aparece no acervo da literatura (infanto-)juvenil. Uma vez que as personagens não são "volúveis", por elas não se opera nenhum descentramento a fim de que se possa vislumbrar os limites de cada visão e aportar o cais da multiplicidade de perspectivas para conformar uma realidade, abarcá-la e traduzir a sua complexidade, possibilitando, deste modo, uma percepção dessa realidade, segundo vários interesses e afectos.

Com essas personagens, consagram-se as identidades perfeitas de mitos e figuras erigidas a heróis nacionais (e o primeiro é, sem dúvida, Nossa Luta que cai em combate), diferentemente do que se verá em *Mayombe*, por exemplo, também um romance de guerrilha. É que *As Aventuras de Ngunga*, que se pode considerar um romance de formação, é uma obra em que a verve pedagógica por/sobre uma sociedade nova atinge a sua realização plena, tendo em conta, sobretudo, o "apelo da modernidade" e a necessidade de combate ao obscurantismo, reminiscências da linguagem materialista do "partido da vanguarda" da nação.

Gosto da simplicidade da escrita de *As Aventuras de Ngunga*, gerada na efervescência da luta de libertação nacional. Uma narrativa que me faz lembrar essoutra, anos depois, *A Montanha da Água Lilás* (2000): a diferença entre as duas não é de natureza, é de tempo — tal como esta novela, também *As Aventuras de Ngunga* é uma "Fábula para Todas as Idades". Com efeito, apesar de esta ser uma narrativa de guerrilha e aquela uma fábula em que, por intermédio da metáfora da água lilás, se questionam os motivos por detrás do prolongar da guerra em Angola, ambas as narrativas se propõem a ensinar cidadãos de todas as idades quanto custou a liberdade...

O AUTOR

PEPETELA (Artur Carlos Maurício Pestana dos Santos) nasceu em Benguela, Angola, em 1941, onde fez o Ensino Secundário. Em 1958, partiu para Portugal onde frequentou a Universidade em Lisboa. Por razões políticas, em 1962 saiu de Portugal para França e, seis meses depois, foi para a Argélia, onde se licenciou em Sociologia e trabalhou na representação do MPLA (Movimento Popular de Libertação de Angola) e no Centro de Estudos Angolanos, que ajudou a criar.

Em 1969, foi chamado para participar diretamente na luta de libertação angolana, em Cabinda, tendo então adotado o nome de guerra PEPETELA, que mais tarde utilizaria como pseudônimo literário. Em Cabinda, foi simultaneamente guerrilheiro e responsável no setor da Educação.

Em 1972, foi transferido para a Frente Leste de Angola, onde desempenhou a mesma atividade até ao acordo de paz de 1974 com o governo português.

Em novembro de 1974, integrou a primeira delegação do MPLA, que se fixou em Luanda, desempenhando os cargos de Diretor do Departamento de Educação e Cultura e do Departamento de Orientação Política.

Em 1975, até à data da independência de Angola, foi membro do Estado Maior da Frente Centro das FAPLA (Forças Armadas Populares de Libertação de Angola) e participou na fundação da União de Escritores Angolanos.

De 1976 a 1982, foi vice-ministro da Educação, passando posteriormente a lecionar Sociologia na Universidade Agostinho Neto, em Luanda, até 2008. Desde sua fundação, desempenhou cargos diretivos na União de Escritores Angolanos e foi Presidente da Assembleia Geral da Associação Cultural "Chá de Caxinde" e da Sociedade de Sociólogos Angolanos. Em 2016, foi eleito para Presidente da Mesa da Assembleia Geral da Academia Angolana de Letras, de que é membro-fundador.

A OBRA

Livros publicados pela Editora Kapulana no Brasil
- *O cão e os caluandas*, 2019.
- *O quase fim do mundo*, 2019.
- *Sua Excelência, de corpo presente*, 2020.
- *O desejo de Kianda*, 2021.
- *Jaime Bunda, Agente Secreto: estória de alguns mistérios*, 2022.
- *As aventuras de Ngunga*, 2023.

Obra completa
- *As aventuras de Ngunga*, 1973.
- *Muana Puó*, 1978.
- *A revolta da casa dos ídolos*, 1979.
- *Mayombe*, 1980.
- *Yaka*, 1985.
- *O cão e os caluandas*, 1985.
- *Lueji*, 1989.
- *Luandando*, 1990.
- *A geração da utopia*, 1992.
- *O desejo de Kianda*, 1995.
- *Parábola do cágado velho*, 1996.
- *A gloriosa família*, 1997.
- *A montanha da água lilás*, 2000.
- *Jaime Bunda, Agente Secreto: estória de alguns mistérios*, 2001.
- *Jaime Bunda e a morte do americano*, 2003.
- *Predadores*, 2005.
- *O terrorista de Berkeley, Califórnia*, 2007.
- *O quase fim do mundo*, 2008.
- *Contos de morte*, 2008.
- *O planalto e a estepe*, 2009.
- *Crónicas com fundo de guerra*, 2011.
- *A sul. O sombreiro*, 2011.
- *O tímido e as mulheres*, 2013.
- *Como se o passado não tivesse asas*, 2016.
- *Sua Excelência, de corpo presente*, 2018.

PRÊMIOS

- Prêmio Nacional de Literatura de 1980: *Mayombe*.
- Prêmio Nacional de Literatura de 1985: *Yaka*.
- Prêmio especial dos críticos de arte de São Paulo (Brasil), 1993: *A geração da utopia*.
- Prêmio Camões de 1997, pelo conjunto da obra.
- Prêmio Prinz Claus (Holanda) de 1999, pelo conjunto da obra.
- Prêmio Nacional de Cultura e Artes de 2002, pelo conjunto da obra.
- Prêmio Internacional para 2007 da Associação dos Escritores Galegos (Espanha).
- Prêmio do Pen da Galiza Rosalía de Castro, 2014.
- Prêmio Fonlon-Nichols Award da ALA (African Literature Association), 2015.
- Prêmio Oceanos 2019 — finalista com o romance *Sua Excelência, de corpo presente*.
- Prémio Literário Casino da Póvoa 2020, 21a. ed. do Festival Correntes d'Escritas: *Sua Excelência, de corpo presente*.
- Prémio Literário dstangola/Camões 2021, vencedor: *Sua Excelência, de corpo presente*.

DESTAQUES

- Medalha de Mérito de Combatente da Libertação pelo MPLA, 1985.
- Medalha de Mérito Cívico da Cidade de Luanda, 1999.
- Ordem do Rio Branco da República do Brasil com o grau de Oficial, 2003.
- Medalha do Mérito Cívico pela República de Angola, 2005.
- Ordem do Mérito Cultural da República do Brasil, grau de Comendador, 2006.
- Nomeado pelo Governo Angolano Embaixador da Boa Vontade para a Desminagem e Apoio às Vítimas de Minas, 2007.
- Doutor *Honoris Causa* pela Universidade do Algarve, Portugal, 2010.
- Doutor *Honoris Causa* pela Universidade Federal do Rio de Janeiro, Brasil, 2021.

Fontes:	Libre Baskerville (Impallari Type)
	Open Sans (Steve Matteson)
	Unna (Omnibus-Type)
Miolo:	Lux Cream 70 g/m²
Capas:	Papel Duo Design 250 g/m²
Impressão:	BMF